W0405858

QUATRE FILLES

ENQUÊTE, FOUS RIRES ET CHEVAUX SAUVAGES

Illustration de couverture : Dorothée Jost

FLEURUS

Direction : Guillaume Arnaud
Direction éditoriale : Sarah Malherbe
Édition : Astrid de Moussac assistée de Claire Stacino
Direction artistique : Élisabeth Hebert assistée de Bleuenn Auffret
Fabrication : Thierry Dubus, Marie Dubourg
Mise en pages : Text'Oh !

© Fleurus, 2015
Site : www.fleuruseditions.com
ISBN : 978-2-2151-2911-0
Code MDS : 652 337
Tous droits réservés pour tous pays.
« Loi n° 49-956 du 16 juillet 1949 sur les publications destinées à la jeunesse. »

QUATRE FILLES

ENQUÊTE, FOUS RIRES ET CHEVAUX SAUVAGES

CHARLOTTE GROSSETÊTE

FLEURUS

Chapitre 1

– Dans cinq minutes, vous allez assister au plus beau mariage de Camargue.

La voix de Batisto, si chantante avec son accent provençal, provoque un silence stupéfait dans la voiture. Pendant quelques secondes, on n'entend plus que le vrombissement du moteur. Clémence tourne les yeux vers son parrain, qui conduit nonchalamment, un sourire au coin des lèvres.

– Tu ne nous avais pas dit qu'on commençait les vacances par un mariage !

– Oui, je sais, j'ai accepté l'invitation au dernier moment, répond Batisto imperturbable. L'occasion était trop belle.

Ici, par un temps aussi magnifique, les mariés mettent leurs plus beaux costumes.

Sur la banquette arrière, Gwen, Juliette et Alix échangent des regards atterrés.

– Pas comme nous, s'affole Gwen en désignant le vieux jean qu'elle a mis pour le voyage.

Un trajet Rennes-Arles… Quand on a toute la France à traverser en plein mois de février, avec plusieurs changements de train, on ne pense pas à faire des élégances ! Et ses amies ont aussi fait passer le confort avant la coquetterie, quoique leur parcours n'ait commencé qu'à Paris.

– Est-ce qu'on peut s'arrêter chez toi pour se changer ? demande Alix. On a… des pantalons plus corrects dans nos valises.

– Oui, parce que des jupes, faut pas rêver, dit Juliette à mi-voix.

– Tssst, pas le temps, répond Batisto d'un air hilare. Je sais ce que c'est, les filles, elles s'enferment dans leur chambre, et trois heures plus tard, les essayages ne sont pas terminés.

– Il était temps qu'on débarque pour la semaine, répond Clémence du tac au tac. Je vois que tu as quelques affreux préjugés... On se chargera de t'en débarrasser !

Batisto éclate de rire.

– Je plaisantais, hein. Ne le prenez pas mal. Surtout qu'avec vous je sais qu'il faut s'attendre à tout. Votre réputation de détectives n'est plus à faire... Mais je vous préviens, cette fois, les vacances seront calmes. Clémence, tes parents m'ont bien demandé de veiller à votre sécurité. Pas question de s'embarquer dans des aventures à couper le souffle !

– C'est pour ça que tu nous emmènes à un mariage dès le premier jour ? Pour qu'on soit obligées d'être sages comme des images ?

Batisto rit de nouveau sans répondre, et le silence retombe. Alix regarde d'un air désespéré la tache de mayonnaise qu'a laissée sur son genou le sandwich au poulet du pique-nique. Juliette lisse nerveusement le pelage d'Hector lové à ses pieds : la bruine parisienne lui a mis les poils en pétard, il sent encore le chien mouillé.

Clémence a les yeux fixés sur le pare-brise. Elle essaie de distinguer, parmi le moutonnement de la végétation aride, un clocher d'église annonçant la noce. Mais rien ne dépasse des buissons rabougris par l'hiver, si ce n'est un ballet de mouettes évoluant avec grâce dans le ciel éclatant. Le paysage est d'une horizontalité parfaite, sans le moindre relief à l'horizon, de quelque côté qu'on regarde.

– Ça y est, dit enfin Batisto en débouchant sur un parking désert.

Il coupe le contact, ouvre sa portière. Les filles ne songent même pas à en faire autant ; elles sont trop surprises de se trouver au milieu de nulle part.

– Vous sortez ? leur demande Batisto avec une expression malicieuse qu'il ne cherche plus à cacher.

Les filles s'extraient de la voiture, les jambes ankylosées par le voyage interminable. Un air vivifiant leur donne aussitôt une claque comme pour les réveiller.

– Je vous présente les deux témoins du mariage, dit Batisto en emplissant ses poumons d'une bouffée de ce vent décapant. Le sel et le mistral. Sans eux la noce serait impossible. Venez maintenant… je vous emmène voir les mariés.

Les filles ont renoncé à comprendre. Elles suivent les grandes enjambées de Batisto en écoutant la cavalcade du vent. Droit devant, dans la direction où les emmène leur guide, un autre bruit se fait entendre. Un bruit d'eau qui leur est inconnu. Ce ne sont ni des vagues ni des remous de rivière, mais peut-être un mélange des deux, qu'aucune des quatre amies n'arrive à identifier. Hector, lui, a couru en avant. Les plus grands moments de sa vie d'épagneul sont ceux où il parvient à percer des mystères avant sa maîtresse.

– Et voilà, dit simplement Batisto en tendant la main vers les « époux ». Ici a lieu le mariage du fleuve et de la mer.

Les filles ouvrent des yeux immenses. Devant elles, le Rhône, comme un long serpent d'eau douce, se jette dans un bouillonnement d'écume là où commence la Méditerranée. Courants et contre-courants s'affrontent, soulevant des gerbes d'embruns.

– C'est un mariage houleux, comme vous le voyez, plaisante Batisto. Et pourtant, il dure depuis des millions d'années… Et moi qui le regarde depuis cinquante ans, je suis toujours émerveillé par sa force.

Les filles éclatent de rire. L'énigme était bien menée. Elles qui s'imaginaient une belle Arlésienne au bras de son fiancé !

– C'est ce qui s'appelle foncer tête baissée sur une fausse piste, dit Juliette amusée. De quoi rester modestes quand les gens nous parlent de nos talents d'enquêteuses !

– Mais non, rétorque Batisto. Là, c'était impossible à trouver, sauf pour un Camarguais… Parce que c'est ça, la Camargue. Voyez-vous, elle commence ici, ma belle région, au point de rencontre entre le « Petit Rhône » et la mer. Elle s'étend là, par-derrière – dit-il en montrant de la main l'intérieur des terres – jusqu'à l'embouchure du Grand Rhône. Je ne vous ai pas emmenées là-bas parce que les industries enlaidissent le paysage. Mais le triangle compris entre les deux bras du fleuve et la côte, c'est le « delta du Rhône », c'est ma Camargue. Une immensité de terre et d'eau, des marais, des étangs… Un monde sauvage par nature. Vous aurez une semaine pour le découvrir… Et je vous garantis qu'il vous sera difficile de le quitter !

Les filles veulent bien le croire. Tandis que Batisto parle, elles boivent le paysage des yeux. La grisaille hivernale qu'elles ont laissée derrière elles semble irréelle à présent. Elle est reléguée très loin, au nord de cette France qui vient s'échouer en douceur dans la Méditerranée… Le soleil n'est pas chaud, mais il baigne le ciel et la mer d'une lumière vive. Des oiseaux de toutes sortes tournoient dans le mistral en poussant des cris mélancoliques. Hector s'élance derrière une mouette qui se reposait au milieu d'un banc de sable. Elle décolle au ras des vagues avec un battement d'ailes indigné, tandis que Juliette rappelle son chien.

– Maintenant, je vous emmène à la maison, dit Batisto. Anaïs doit commencer à se demander ce qu'on fabrique…

Il rebrousse chemin vers le parking, suivi par les filles, qui s'arrachent à regret.

– Merci de nous avoir invitées, glisse Clémence à son parrain.

– Il n'y a pas de quoi, petite ! Depuis le temps qu'on ne s'était pas vus !

– Oui, mais m'accueillir comme ça, avec trois amies, sans compter Hector…

– Les animaux, ce n'est pas ce qui nous dérange ! s'exclame Batisto en riant. Tu vas voir à la maison… Trois chiens et cinquante-deux chevaux… Hector sera en bonne compagnie !

Clémence fait « oui » de la tête, d'un air ravi, espérant masquer ainsi ses appréhensions. Son parrain, manadier – éleveur de chevaux –, n'a jamais dû apprendre qu'elle craignait les animaux, et elle ne veut pas le décevoir. Elle le voit si rarement ! Ses parents l'ont connu du temps où son père travaillait dans les salins de la région. Mais ils ont déménagé à Paris quand Clémence avait deux ans, et depuis ce temps, les retrouvailles sont rares malgré un fréquent échange de lettres et de mails.

– Tes amies, reprend Batisto, on est heureux de les connaître depuis le temps que tu nous parles d'elles. Et puis, à quatre, ce sera plus drôle pour toi… Tu te serais ennuyée, seule entre nous deux, ajoute-t-il, avec dans la voix une ombre fugitive de tristesse.

Anaïs et lui se sont mariés sur le tard et n'ont pas eu d'enfants.

Clémence sourit d'un air affectueux, pour bien montrer qu'elle n'est pas d'accord avec cette dernière phrase, et monte dans la voiture.

– Courage, mesdemoiselles, dit Batisto en refermant sa portière. Ce sera le dernier trajet de la journée. Dix minutes de voiture et on arrive à la manade… Si on se dépêche, vous aurez même le temps de faire une balade au coucher du soleil sur l'étang de Vaccarès, pas loin de la maison.

La voiture traverse bientôt la petite ville des Saintes-Maries-de-la-Mer nichée au bord de l'eau. Batisto est salué par chacun des rares passants qui arpentent les trottoirs. À chaque fois, il fait un geste amical de la main en ralentissant un peu, sans cesser de commenter le paysage à l'intention des filles.

– Les Saintes-Maries-de-la-Mer (ou *Li Santi Mario de la Mar*, comme on dit ici) sont la ville emblématique de la Camargue… En hiver, il n'y a pas un chat. Mais à la belle saison, peuchère ! Vous devriez voir la foule au moment du pèlerinage des Gitans, ces rues colorées, bourrées de monde, avec la statue de la sainte Sara noire portée en procession au-dessus de la foule…

Le conducteur exubérant freine soudain, s'arrête au bord d'un trottoir, ouvre sa vitre. Un vieil homme se tient là, faisant signe à Batisto.

– Té, Agustin, comment tu vas ? Ta femme, elle est remise ?

– Elle va bien mieux et le médecin dit qu'elle sera sur pied dans deux jours, répond le vieil homme dans un français si provençal que les filles ont du mal à le comprendre. Dis, Batisto, ça t'embêterait de monter chez moi ? J'ai des papiers que l'office de tourisme m'a donnés pour toi. Concernant la prochaine fête des Gardians à Arles. Les inscriptions sont urgentes.

– Urgentes, pour l'été ? s'exclame Batisto.

– Eh oui, ils veulent savoir à l'avance qui participe.

Batisto se tourne vers les filles :

– J'en ai pour une seconde, vous n'avez qu'à sortir sur la place en m'attendant… Promis, je ne traîne pas !

Tandis que Batisto s'engouffre chez Agustin, les filles émergent de la voiture devant un grand bâtiment blanc, entièrement circulaire.

– C'est drôle comme construction ! fait remarquer Gwen. Qu'est-ce que ça peut bien être ?

– Les arènes, bien sûr, lance une voix masculine au timbre chaleureux.

Les quatre filles se retournent ensemble. Adossé à un mur, un homme assez jeune les regarde en souriant. Il enlève son chapeau brun pour saluer. Libérés de ce coupe-vent, ses cheveux noirs et bouclés se rebellent sous le mistral qui balaie la place. L'homme passe la main sur le sommet de sa tête pour les assagir, et à cette occasion, Alix remarque qu'il lui manque l'auriculaire. Ses compagnes n'ont pas observé ce détail ; c'est la chemise rouge vif de l'inconnu qui a retenu leur attention.

– Je m'appelle Ciprian, dit-il en souriant. Je suis gardian.

– Gardien ? répète Gwen. Gardien de quoi ?

Un rire aimable résonne sur la place déserte.

– Des filles qui ne connaissent ni les arènes ni les gardians n'ont pas dû venir très souvent en Camargue.

– En effet, confesse Gwen. Je suis bretonne.

– Et nous, parisiennes, ajoutent en chœur les trois autres.

Hector se met à gronder en flairant d'un air menaçant les bottes de Ciprian. Celui-ci se penche gentiment pour caresser l'épagneul, qui montre les dents.

– Ne te fâche pas, dit l'homme d'une voix conciliante. Je ne me moquais pas de tes maîtresses. Mais c'est comme si, à Paris, elles rencontraient quelqu'un qui ne connaît pas la tour Eiffel… Elles souriraient, elles aussi.

Ciprian relève les yeux pour observer les filles :

– Vous n'êtes pas vexées, j'espère ?

– Pas du tout, répond Clémence, exprimant la pensée générale.

Comment pourraient-elles l'être, alors que cet inconnu est si sympathique ?

– Le métier de gardian est courant ici, reprend Ciprian. Nous élevons les chevaux et les taureaux de Camargue.

– Comme les manadiers ? demande Juliette.

– Une manade est un élevage d'au moins cinquante bêtes, explique Ciprian. Les manadiers sont donc à la tête de gros troupeaux… Un modeste gardian comme moi n'est pas manadier. Je n'ai que quinze taureaux, et seulement un cheval, malheureusement.

– C'est déjà beaucoup, intervient Clémence, qui se verrait très mal face aux cornes d'un seul taureau.

– Et les arènes que vous avez devant vous servent justement aux courses camarguaises, où on fait jouer des taureaux. C'est un sport très apprécié ici, et passionnant…

– Un genre de corrida ? demande Juliette en frissonnant.

Grande amie des bêtes, elle ne supporte pas l'idée qu'on fasse couler du sang animal pour le plaisir du public.

– Ce n'est pas la même chose, non… répond Ciprian.

Mais il n'a pas le temps d'expliquer les règles de la course camarguaise, car à cet instant-là, Batisto ressort de chez Agustin avec des papiers à la main. Il salue Ciprian avec une courtoisie distante, ce qui étonne Clémence.

– Tu ne connais pas cet homme ? demande-t-elle à son parrain au moment où la voiture démarre.

– Non, je ne l'ai jamais vu.

– J'avais l'impression que tu connaissais tout le monde ici. Il n'est pas du coin ?

– Oh si, d'après son accent. Mais au risque de te décevoir, non, je ne connais pas tous les Camarguais du monde.

La tournure fait sourire les filles. Pour Batisto, visiblement, la Camargue, c'est tout l'univers…

Hector, lui, semble être de mauvaise humeur. Tourné vers la vitre arrière, il regarde d'un air suspicieux le gardian, qui agite la main pour saluer les filles.

– Qu'est-ce que tu as, Hector ? demande Alix en rendant son salut à Ciprian, un peu trop tard : le jeune homme vient de remettre son chapeau et déjà il s'éloigne d'un pas élastique.

– La paix, ordonne Juliette en forçant le chiot à s'asseoir sur ses genoux.

Les oreilles du petit épagneul s'affaissent et, penaud, il ne risque plus un geste de tout le trajet.

Chapitre 2

Batisto jette un coup d'œil à sa montre puis à la fenêtre. Encore une heure de jour… Les filles ont fini de visiter la vieille demeure accueillante, et quand elles ont proposé d'aider à préparer le dîner, Anaïs a décliné l'offre avec un sourire.

– C'est trop gentil, mais je vais me débrouiller seule ! Allez donc prendre l'air avant la nuit, vous devez en avoir besoin après cette journée de train. Batisto va vous montrer Vaccarès, hein, mon chéri ?

– On part à cheval, décide Batisto. J'en ai quatre qui sont parfaits pour des débutantes, et ça nous donnera le temps d'en voir un peu plus qu'à pied.

Juliette lance une bourrade amicale à Clémence ; Anaïs s'en aperçoit.

– Tu es mal à l'aise avec les chevaux, Clémence ?

– Euh, non, rougit l'intéressée. Je n'ai pas l'habitude, et c'est vrai que je suis un peu craintive…

– Tu vas vite aimer Estello, dit Batisto. Il t'obéit avec une docilité, dont même tes deux jambes ne sont pas capables. Il te fait oublier les différences entre l'homme et l'animal. Tu vas voir. Et j'en ai trois autres comme ça qui sont de pures merveilles : Escumo, Soulèou et Tramontane. Neuf ans tous les quatre.

– Tiens, encore plus jeunes que Gwen, plaisante Alix.

– C'est la preuve que « merveille » ne rime pas forcément avec « vieille », rétorque Gwen malicieusement.

L'âge de Gwen, la benjamine de l'équipe, est un sujet de blagues fréquent ; elle va sur ses onze ans tandis qu'Alix soufflera ses treize bougies au printemps.

Dix minutes plus tard, les quatre cavalières novices suivent sur la piste qui mène à l'étang. Batisto avance derrière elles, monté sur son fidèle Orage. Clémence exulte : il lui a fallu trente secondes pour se sentir aussi à l'aise sur Estello que si elle était née à cheval. La confortable selle gardiane, avec son pommeau relevé par-devant comme dans le dos, lui donne l'impression d'être moulée sur sa monture. Elle n'a aucun effort à fournir pour accompagner le pas paisible du jeune camargue.

– Alors, Clémence ? interpelle Batisto. Tes premières impressions ne sont pas trop violentes ?

Clémence rit, se retourne. De la main, elle réajuste sa bombe de cavalière. C'est un geste qu'elle n'aurait jamais pensé pouvoir faire au début : en quittant la manade, elle crispait ses dix doigts sur les rênes à s'en faire entrer les ongles dans la peau, et croyait devoir maintenir cette position jusqu'à sa descente de cheval !

– Estello est génial, dit-elle simplement.

Juliette avance à côté d'elle, montée sur Escumo. Hector est couché en travers de sa selle. De temps à autre, l'épagneul se redresse pour inspecter le paysage. Pour une fois qu'il marche à un mètre quatre-vingts au-dessus du niveau de la terre, il se pavane comme s'il était cousin avec le roi d'Espagne.

– Pourquoi est-ce que tous les chevaux de Camargue sont blancs ? demande Juliette en tournant la tête vers Batisto.

– La réponse scientifique, je l'ignore, répond le manadier, mais on dit ici que les chevaux sont sortis du sel et du mistral. Et puis, le blanc des chevaux s'accorde bien avec le noir des taureaux, ce sont les deux races qu'on voit le plus paître en liberté sur les *sansouires* – les terres inondées et leurs végétaux salées, qui forment l'essentiel du paysage ici.

Des taureaux en liberté ? Cette fois, il n'y a pas que Clémence pour observer le décor avec méfiance. Mais seuls d'inoffensifs canards s'offrent à la vue des filles. Ils se dirigent à tire-d'aile vers l'endroit dont les cavalières se rapprochent… Et soudain, c'est l'extase. L'étang est là, déroulant ses eaux douces à perte de vue, au milieu d'un écrin de roseaux jaunis par l'hiver. Le ciel a prêté ses teintes mauves à cet immense miroir aquatique, et la boule écarlate du soleil couchant s'y reflète.

– Oh ! s'exclame Alix. Regardez là-bas : on dirait des flamants roses. Ça doit être la couleur du ciel qui me donne cette illusion !

À quelque distance sur la gauche, en effet, une bonne centaine d'oiseaux se reposent sur le rivage, certains hors de l'eau, la plupart immergés dans l'étang jusqu'à mi-pattes.

– Non, tu ne te trompes pas, corrige Batisto. Les flamants roses vivent par milliers aux abords de Vaccarès. Certains migrent en Afrique pour l'hiver, mais la plupart restent ici toute l'année. Ils ont bien raison, pourquoi traverser la Méditerranée quand on a la Camargue sous les ailes ?

Le portable de Batisto sonne.

– Ah, excusez-moi, c'est le vétérinaire, qui doit passer pour une jument malade... Je préfère répondre, ça ne vous dérange pas ?

Non, ça ne dérange pas les filles le moins du monde de s'attarder devant l'étang. Le vent du crépuscule fait frissonner les hautes tiges des roseaux et soulève des vaguelettes à la surface des flots. Çà et là, près du rivage, des îlots couverts d'un fouillis de végétation émergent de l'eau, comme si la terre ne se résignait pas à céder la place à cette immense étendue aquatique : elle tient bon, au milieu de l'eau qui l'assiège de toutes parts. Des cris d'oiseaux mélancoliques cachés sur ces îlots saluent la tombée du jour, tandis que les sillages des canards strient l'étang, dont les couleurs s'éteignent. Le soleil a basculé derrière l'horizon. Pendant quelques instants, les filles observent un silence émerveillé, trop occupées à recevoir toutes ces impressions pour les échanger. Leurs chevaux, en revanche, broutent tranquillement quelques touffes de chaume. Ils connaissent ce paysage par cœur, ils y sont nés, rien ne les y étonne. Juliette baisse les yeux sur l'encolure d'Escumo et flatte longuement sa crinière emmêlée, pleine de brindilles et de poussière.

– Une vraie crinière de cheval sauvage, dit-elle à mi-voix.

– Oui… répond Alix. Mais pour des chevaux sauvages, ils sont rudement bien élevés.

Clémence et Gwen hochent la tête ensemble.

– Ils sont parfaits, s'exclame Clémence. Et beaux, en plus !

Le silence est rompu, les éloges fusent. Hector lève les yeux sur les filles et arbore un air superbe comme s'il prenait pour lui tous ces compliments adressés à la gent animale. Les chevaux, eux, continuent à brouter. Mais soudain, Alix penchée sur sa monture se redresse avec une telle brusquerie que sa bombe lui tombe sur les yeux. Elle l'enlève d'un geste sec et regarde partout autour d'elle.

– Qu'est-ce qui t'arrive ? lui demande Gwen.

– Vous n'avez pas entendu ce bruit tout près de nous ?

– Non, lequel ?

– Ça venait des roseaux, par là... Un bruit de piétinement, comme si quelqu'un s'éloignait de nous après nous avoir écoutées.

Les trois compagnes d'Alix braquent des yeux attentifs sur la direction indiquée.

– Il y a des tonnes de bêtes par ici, fait Juliette. Qu'est-ce qui te fait dire que c'est *quelqu'un* ? C'est plutôt un lièvre, un ragondin... Je ne sais pas, moi.

Alix s'obstine.

– C'était un bruit hésitant, comme si la *personne* faisait attention à ne pas se faire remarquer. Un animal aurait pris moins de précautions.

– Là-bas ! interrompt Clémence. Il y a des roseaux qui ondulent !

– Ils ondulent partout à cause du vent ! proteste Juliette. Vous devenez parano, les filles ! Arrêtez de croire qu'on va débusquer des gens louches partout où on passe !

Les quatre amies ont beau scruter le paysage des yeux, rien d'anormal ne bouge sous les sifflements aigres du mistral.

À cet instant Batisto revient vers elles, les sabots de son cheval claquant sur la terre durcie par le froid.

– Désolé d'avoir été si long, dit le parrain de Clémence. On rentre ? Dans dix minutes il fera sombre.

– Nos chevaux ne brillent pas dans le noir ? demande Juliette avec un sourire. Ils sont tellement exceptionnels que pour un peu je les soupçonnerais d'être des licornes camouflées…

Sur le chemin du retour, Batisto observe le ciel d'un air préoccupé, là où les dernières lueurs pourpres se délaient dans le gris du crépuscule.

– La pluie arrive, commente-t-il. La météo ne se trompait pas.

Ses hôtes écarquillent les yeux sans déceler aucun nuage à l'horizon.

– Je devine ça à une couleur de ciel, explique Batisto en voyant leur étonnement. Question d'expérience, c'est difficile de décrire les nuances, mais là, le ciel saigne parce que le mauvais temps arrive.

– Eh bien tant pis, lance Alix insouciante. Même si nos vacances sont sous l'eau, elles ne seront pas à l'eau !

– Non, c'est sûr, on n'est pas en sucre, ajoute Clémence. On prendra l'air quand même.

Batisto hoche la tête.

– Vous connaissant, ce n'est pas pour ça que je me fais du souci, je sais que la pluie ne vous effarouchera pas. Mais ce qui m'inquiète, c'est que la météo a annoncé un épisode de pluies très violentes. On appelle ça, ici, une tempête « cévenole » parce qu'elle nous vient des Cévennes, la région qui est juste au nord. D'habitude ces tempêtes ont lieu en automne, mais le climat, ce n'est pas comme…

Batisto s'interrompt, cherchant une comparaison.

– Comme l'office de tourisme des Saintes-Maries, qui planifie les fêtes six mois à l'avance ! complète-t-il en souriant. Avec la météo, il y a parfois des imprévus dans le programme !

– Pourquoi est-ce que la tempête t'inquiète ? lui demande Clémence. Elle peut être dangereuse ?

– Oui. Tous les risques viennent du Rhône. Il déborde facilement en cas d'averses violentes et prolongées. Tu sais, il prend sa source dans les Alpes, bien loin d'ici, et il traverse plusieurs départements avant de se jeter à la mer… Quand il fait mauvais sur l'ensemble de son parcours, et que tous ses affluents grossissent avant de le rejoindre, ça peut donner du vilain.

– Votre maison peut être inondée ?

– Pas seulement notre maison, mais toutes les terres autour. Et ça peut devenir dangereux pour les bêtes. Les hommes, eux, on les évacue facilement en cas d'alerte, et les seuls dégâts sont matériels... Les chevaux et les taureaux, c'est une autre histoire. Comme ils vivent en semi-liberté partout, vas-y pour les récupérer, les parquer dans des camions, les emmener ailleurs ! À chaque fois qu'il y a une grande crue du Rhône, des animaux innombrables périssent noyés.

Les trois compagnes de Clémence se sont rapprochées pour entendre, et ces propos alarmants les laissent songeuses. Mais il fait si beau qu'elles ont du mal à s'imaginer un tableau aussi sombre. Comment cette terre sèche, si solide sous le pas de leurs chevaux, pourrait-elle se transformer en décor de déluge ? Comment ce ciel bleu marine, où s'allument les premières étoiles, pourrait-il apporter la désolation ? Tout cela semble tellement improbable…

Et c'est le cœur léger que les filles arrivent à la manade. La vieille cheminée fume et, en pensant au bon feu qui les attend, les quatre amies se rendent compte qu'elles sont transies de froid !

– On va passer à l'écurie pour desseller les chevaux et leur nettoyer un peu les sabots, annonce Batisto.

Puis, voyant Gwen grelotter en caressant Soulèou, il se ravise :

– Non, allez donc vous mettre au chaud, je vais m'occuper des bêtes.

– Pas question ! protestent en chœur les cavalières. Les quatre chevaux leur ont offert des moments de jubilation ; elles n'envisageraient pas de filer à l'anglaise sans leur rendre quelques soins bien mérités.

– Je sens que ces vacances-ci vont être vraiment tranquilles, glisse Juliette en brossant le poil d'Escumo qui se laisse faire avec une docilité parfaite.

Les trois autres sourient dans la pénombre de l'écurie. Oui, cette fois, les vacances ressemblent par avance à un grand bol d'air vivifiant, sans histoires autres que de belles cavalcades.

– Batisto ? demande Clémence.

– Oui ?

– Tu pourras nous apprendre à galoper ?

Alix éclate d'un rire ravi. Sa cousine au galop sur un camargue ! Quand les parents appelleront pour avoir des nouvelles, cette fois, ils n'entendront parler ni de malfaiteurs ni de mystères trépidants… mais il y aura quand même des scènes grandioses à leur décrire, du jamais-vu, de l'inouï.

Chapitre 3

Alix s'est dressée en sursaut sur son lit, réveillée par une détonation. Elle était en train de rêver qu'elle courait à travers des grottes couvertes de peintures préhistoriques, poursuivie par des bandits armés... et l'espace d'un instant, elle croit avoir écopé d'un coup de feu.

Reprenant conscience, elle se rappelle qu'elle est dans une chambre d'amis chez Anaïs et Batisto. À côté d'elle, ses compagnes ont aussi été tirées du sommeil, et Hector pousse un aboiement paniqué.

– Qu'est-ce que c'est ? halète Gwen.

– Clémence ! Où est Clémence ? s'affole Juliette.

Un mugissement inquiétant emplit la chambre, ainsi que le vacarme de cataractes d'eau. Les rideaux provençaux accrochés à la fenêtre claquent avec violence. Une ombre mouvante s'agite entre eux dans l'obscurité, et soudain, à la lueur d'un éclair, les trois filles hébétées reconnaissent Clémence. Celle-ci lutte pour refermer la fenêtre, dont les deux battants se sont ouverts. La poignée rouillée résiste à ses efforts ; un nouveau coup de vent rouvre la fenêtre à grands fracas. C'était donc cela, le bruit de détonation… Et les gifles du mistral continuent à s'engouffrer dans la chambre, tandis que la pluie tambourine au-dehors.

D'un bond, Alix est debout, conjuguant ses efforts avec ceux de sa cousine. Elles réussissent enfin à refermer les vitres et à bloquer la poignée, en pataugeant dans une flaque d'eau qui s'est déjà formée au pied de la croisée. Furieux d'être congédié, le vent hurle et cogne au-dehors. Les vitres tremblent et les carreaux sont rincés par l'averse comme un hublot de navire dans la tourmente. Mais à l'intérieur de la chambre, un calme relatif est revenu.

– Eh ben ! s'exclame Gwen. Pour une tempête, c'est une tempête !

Alix allume la lumière, attrape une serviette de toilette suspendue au montant de son lit, et s'accroupit sous la fenêtre pour éponger le sol. Mais elle se relève presque aussitôt.

– Vous avez entendu ? Il y a des chevaux qui hennissent dehors.

Aussitôt, Juliette éteint la lampe pour pouvoir mieux scruter l'obscurité extérieure, et quatre visages se pressent contre les carreaux ruisselants. Lorsqu'un nouvel éclair zèbre le noir, les filles n'aperçoivent rien d'anormal dans la cour. Rien, si ce n'est la porte de l'écurie, grande ouverte.

– Le vent a dû la faire valser comme notre fenêtre, commente Alix.

– Je vais descendre la fermer, décide aussitôt Juliette. Sinon, vu ce qui tombe, demain matin on traversera l'écurie à la rame.

– Tu vas te faire saucer ! s'exclame Clémence.

Juliette s'esclaffe :

– Qu'est-ce que tu crois ? Une Juliette, ça court vite quand ça veut sauver son brushing !

Et, avec un geste comique, elle lisse ses cheveux en pétard avant de disparaître dans le couloir. Elle cherche à tâtons l'interrupteur, allume la lumière, descend quatre à quatre. Dans le vestibule, elle enfile ses bottes – à l'envers, parce qu'on ne peut pas avoir l'œil à tous les détails quand il est minuit et que l'orage se déchaîne – et empoigne un parapluie qui semblait n'attendre qu'elle. Une bourrasque la heurte de plein fouet lorsqu'elle ouvre la lourde porte de la maison. Son parapluie se retourne à peine déployé ; courbée en deux pour offrir moins de prise à la tempête, Juliette gagne en trois bonds la porte de l'écurie et se précipite à l'intérieur. Là, son cœur manque de s'arrêter : toutes les stalles sont vides. Les quatre chevaux qu'elles y avaient laissés hier à manger un tas d'avoine ont disparu.

– Pas bien réveillée, ma pauvre fille, se dit-elle aussitôt à voix haute. Les camargues dorment dehors, ils ont dû quitter les lieux après leur dîner… Brrr… Ils devraient quand même revenir, là… Passer la nuit à la belle étoile par ce temps-ci, c'est plutôt…

Son regard s'arrête sur les crochets où elles ont suspendu leurs selles, hier soir, avant d'étriller les chevaux. Tiens ? Il en manque une, Juliette n'en compte plus que trois ! Batisto aura rangé la quatrième ailleurs, sans doute. Frissonnant dans son pyjama mouillé par l'averse, Juliette ne s'attarde pas ; elle sort, referme la porte, pousse le verrou et se précipite vers la maison.

Le salon est allumé, à présent, et lorsqu'elle s'ébroue dans le vestibule, Batisto l'y rejoint aussitôt.

– Juliette ! Qu'est-ce que tu faisais dehors ?

– Je fermais la porte de l'écurie.

– Elle était ouverte ? Oh, Bonne Mère, j'étais pourtant convaincu d'avoir mis le verrou hier soir, surtout que je me doutais de ce coup de vent. Je deviens gâteux avec l'âge, ou quoi ?

– Dis, Batisto, c'est normal que les chevaux ne soient pas là ?

Le manadier se met à rire.

– Je me serais inquiété si tu m'avais dit qu'ils y étaient. Des camargues en bonne santé n'auraient jamais idée de dormir dans une écurie, même par ce temps. C'est ce qui complique les choses en cas de crue, quand il faut les rassembler pour les évacuer…

Batisto s'aperçoit que Juliette grelotte et ajoute vite :

– Allez, file te remettre à l'abri sous ta couette, ou tu vas attraper le rhume. Merci d'avoir fermé cette porte.

Juliette monte quatre à quatre retrouver ses amies. Une fois la lumière éteinte, un « zut » sonore zèbre l'obscurité en même temps qu'un éclair.

– Qu'est-ce qu'il y a encore, Juliette ? demande Clémence en se soulevant sur un coude.

– J'ai oublié de poser une question à Batisto. Je voulais lui demander où il avait rangé la selle gardiane qui n'était plus au crochet.

Alix éclate de rire :

– Tu crois que c'est l'heure de t'occuper de ce détail ?

Le lendemain, au petit jour, un ciel brouillé diffuse une lumière jaunâtre. La violence de la pluie a décru au cours de la nuit, ainsi que les rafales de vent. La tempête s'est apaisée, et pendant le petit déjeuner, dans la grande cuisine de la maison, Batisto annonce le programme de la matinée : une chevauchée à travers le domaine, dès qu'on aura retrouvé Estello, Tramontane, Escumo et Soulèou, dont le pré favori se trouve à trois cents mètres de la demeure.

Mais une heure plus tard, il faut se rendre à l'évidence : les quatre chevaux se sont volatilisés. Ils ne sont ni dans leur champ habituel ni ailleurs sur les terres de la manade. Tout le reste de l'élevage est là, quarante-huit chevaux, soigneusement comptés par Batisto qui ne confondrait pas la moindre de ses bêtes avec l'autre. Mais Escumo, Estello, Soulèou et Tramontane sont portés disparus. Au terme de leur longue recherche infructueuse, les filles ont encore plus de chagrin que Batisto.

– J'espère qu'ils ne sont pas allés se noyer dans la mer, avance le manadier, son front barré par un pli profond.

– Impossible ! s'exclame Alix. Ils sont trop intelligents, ils ont trop d'instinct pour faire une chose pareille.

Batisto hausse les épaules :

– Tu sais, par une nuit noire, dans l'orage, sous la pluie battante et avec ce vent fou, leur « instinct » a pu être perturbé. Ils ne devaient plus savoir les limites entre la terre et l'eau… Elles sont parfois difficiles à distinguer en Camargue, même par beau temps. Alors…

– Ils ont été volés, affirme Juliette.

– Oh non, petite, fait Batisto en secouant vigoureusement la tête. Je n'aime pas ce mot-là. Trop de gens l'emploient dès qu'ils ont perdu quelque chose. Je préfère faire confiance à mes semblables et éviter de croire que des « voleurs » ont rôdé à la manade cette nuit.

Un instant de silence. Juliette réfléchit.

– C'est beau ce que tu dis, Batisto. Mais j'ai des doutes, quand même… à cause d'une des selles. Tu l'as déplacée hier soir ?

Devant l'étonnement du manadier, elle lui explique n'avoir trouvé que trois selles au crochet. Batisto reste muet un long moment. Non, il n'a pas touché à la selle. Juliette revient à la charge :

– Et la porte de l'écurie ? Tu étais sûr d'avoir poussé le verrou… Elle ne s'est pas ouverte toute seule !

– J'ai pu oublier.

– Non, intervient Alix. Maintenant que j'y pense, je me souviens de t'avoir vu faire. Je venais de te poser une question sur l'espérance de vie des chevaux. Tu m'as dit « trente ans » tout en poussant le verrou.

C'est d'un pas lourd que Batisto entre dans l'écurie et constate l'absence de la selle. Les filles le suivent en échangeant des regards désolés. Elles aussi, elles préféreraient faire confiance, bannir le mot « vol » de leurs esprits. Mais cet indice est accablant…

– Pourquoi le… voleur aurait-il pris une seule selle ? interroge Gwen.

– Pour monter l'un des chevaux et filer plus vite. Mais tu as raison, c'est encore une chance qu'il n'ait pas pris les quatre. Une selle gardiane demande cent cinquante heures de travail à l'artisan qui la fabrique, et son prix est en conséquence.

Batisto est ressorti pour tenter une dernière recherche, mais les filles ne peuvent se résoudre à quitter l'écurie. Elles regardent les stalles vides en pensant aux balades qu'elles rêvaient de faire sur leurs quatre amis disparus. Soudain, Clémence se penche sur le sable qui recouvre le sol de terre battue :

– Regardez ! Il y a des empreintes par terre.

– Ce sont celles de Batisto, et les nôtres, observe Alix après un bref examen.

– Plus celles d'Hector, ajoute Juliette.

– Parce qu'on n'a pas fait attention à ce détail assez tôt ! s'écrie Clémence. Mais par exemple, si on regarde au pied du crochet où était suspendue la selle volée…

Joignant le mouvement à la parole, elle se plante devant cet endroit-là, en faisant attention à ne pas s'approcher trop près pour éviter de brouiller les traces.

– Là : qu'est-ce que je disais ! jubile-t-elle. Il y a des empreintes de bottes. Bien marquées. Le voleur a fait une halte ici, les deux pieds écartés, le temps de décrocher la selle.

Alix arbore un sourire incrédule.

– Au risque de te décevoir, ce sont les empreintes de Batisto. Compare toi-même avec celles qui sont là-bas, mêlées aux nôtres !

Clémence et Gwen font plusieurs allers-retours entre les deux zones d'empreintes. Juliette préfère retenir Hector : l'épagneul courrait partout si on lui laissait le choix, ce qui brouillerait encore un peu plus les traces. Quant à Alix, les bras croisés, elle regarde sa cousine d'un air de dire : « Tu vois ? »

De fait, Clémence est obligée de reconnaître que c'est le même modèle et la même pointure de semelles. Pourtant, elle s'obstine dans son idée, qui lui paraît logique : le voleur n'est pas un ange, il n'est pas entré par la voie des airs, DONC il a laissé des traces par terre !

Gwen s'est mise à quatre pattes, les yeux à deux centimètres du sol. Elle reste si longtemps dans cette posture qu'Alix finit par lui demander avec un certain intérêt :

– Qu'est-ce que tu fais, Gwen ? Tu comptes les grains de poussière ?

– Presque, murmure Gwen d'une voix à peine audible.

Elle se tait et fait un peu durer le suspense, assez contente de sentir trois regards intrigués posés sur elle. Enfin, elle annonce solennellement :

– Il y en a quatre au lieu de cinq. Donc ce n'est pas la même botte.

Un silence éberlué suit cette déclaration incompréhensible.

– Qui parlait comme ça dans les légendes grecques, déjà ? La sibylle de Delphes ? dit enfin Juliette.

– Peut-être même le sphinx, fait Clémence.

Gwen s'amuse bien malgré la gravité des circonstances. Enfin, elle daigne désigner du doigt deux empreintes de botte droite toutes proches l'une de l'autre.

– Regardez celle-ci. Elle appartient à Batisto, qui s'est approché des crochets à selles pour constater le vol. C'est une semelle lisse, avec juste cinq petits trous répartis sur le talon, qui correspondent sûrement à des clous. Vous voyez ?

– Oui, et alors ?

– Eh bien ! Maintenant, observez l'autre empreinte, celle qui est imprimée juste en dessous du crochet vide. Identique en apparence mais... Il y a un trou qui manque. Juste là. Comme si la semelle de botte du voleur avait perdu un clou.

Juliette émet un long sifflement admiratif.

– Dis donc, Gwen, t'as oublié d'être myope ! s'exclame Alix en écarquillant les yeux. Oui, tu as raison... On ne pourrait pas te contredire.

Lorsqu'elles révèlent à Anaïs et Batisto ce qu'elles croient être le scoop du siècle, à leur grande surprise, leurs hôtes ne bondissent pas de leurs sièges pour téléphoner à la police. Ils esquissent des sourires bienveillants et peu enthousiastes.

– C'est un indice majeur… de vos talents d'observation, explique Batisto. Je vais signaler ce détail au commissariat en déposant ma plainte. Mais regardez.

Il les entraîne dans le vestibule et soulève sa botte droite restée par terre sur le tapis d'entrée.

– Voici une botte gardiane. Sa semelle est lisse – il faut pouvoir quitter l'étrier facilement en cas de chute de cheval – et sur le talon, comme vous l'avez remarqué, il y a cinq petits clous qui contribuent à fixer solidement la semelle au reste de la botte. D'ailleurs, si j'arrachais la semelle, vous verriez soixante-quinze autres clous minuscules par en dessous. Le cuir d'une botte gardiane n'est pas cousu, c'est trop fragile, il est cloué à la semelle.

Batisto retourne la botte en tous sens et reprend :

– Une botte gardiane de haute qualité comme celle-là, ça coûte cher à l'achat, mais ça vous dure des années. Bien sûr, il arrive qu'un clou s'en aille, mais on ne se précipite pas chez le cordonnier : bien souvent, on ne le remarque même pas. Il y a assez de clous là-dedans pour maintenir l'ensemble en parfait état de marche !

– Justement… intervient Gwen les yeux brillants. Si, par chance, le voleur n'a pas remarqué qu'il lui manquait un clou, ça peut être encore plus facile de le retrouver…

Batisto sourit :

– Le problème, c'est que neuf gardians sur dix ont des bottes usées auxquelles il manque des clous ici ou là. Les miennes, quand je les ai fait ressemeler l'an dernier, il leur en manquait trois en tout.

Un silence déçu s'installe. Pour réconforter les filles, Anaïs affirme d'une voix chaleureuse :

– Au moins, grâce à votre perspicacité, on sait *pour sûr* que c'est un gardian qui a volé la selle et les chevaux.

Clémence sourit :

– En même temps, on ne s'attendait pas à ce que ce soit un pêcheur de cachalots, si ?

Chapitre 4

– Le pire, c'est que tout est de notre faute.

Juliette regarde ses amies d'un air lugubre. Médusée, Alix lâche la botte d'avoine qu'elle transportait à travers la cour pour les bêtes de la manade. Les autres aussi se sont figées sur place.

– Comment ça ???

– Hier soir, pendant la halte au bord de l'étang, on a parlé de nos chevaux, vous vous rappelez ? On ne tarissait pas d'éloges sur eux, sur leurs qualités, etc. Juste à ce moment-là, Alix a entendu du bruit dans les roseaux. Comme par hasard ! Quelqu'un nous écoutait. Un voleur de chevaux. Il a su quelles bêtes il fallait choisir parmi toutes les autres !

– Tu rêves, rétorque Clémence. D'ailleurs, je me souviens, tu as dit toi-même qu'il ne fallait pas être parano.

Juliette se tourne vers Alix :

– Qu'est-ce que tu en penses, toi ? Tu étais persuadée que c'était *quelqu'un.*

Alix ramasse la botte d'avoine au ralenti, tandis que son cerveau, lui, tourne à mille à l'heure. Lorsqu'elle se relève, son regard croise celui de Juliette.

– Tu as peut-être raison, après tout. Bon, je n'irais pas à dire que c'est « de notre faute », on avait quand même le droit de dire du bien de ces chevaux ! Mais on a peut-être attiré l'attention d'une personne sans scrupules.

La voiture de Batisto entre dans la cour à cet instant et le parrain de Clémence en sort, souriant, jovial. Est-il aussi détendu qu'il veut le montrer ? Les filles seraient prêtes à parier que la disparition de ses chevaux l'affecte énormément, mais qu'il ne veut pas faire peser ce souci sur leurs épaules.

– Ça y est, j'ai fait ma déposition à la police, dit-il d'un ton léger. Je suis sûr qu'ils vont faire le maximum.

– Et on va les aider, lâche Clémence sans même y penser.

– Ah non alors !!!!

L'exclamation de Batisto a éclaté comme un coup de tonnerre. Surpris lui-même de sa virulence, il poursuit d'une voix radoucie :

– Je vous l'ai déjà dit, il n'est pas question que vous vous mêliez d'une enquête ici. Qui dit enquête dit dangers, et je ne veux pas vous voir prendre le moindre risque chez moi. C'est compris ?

Il fixe chacune des filles l'une après l'autre, d'un regard sérieux et solennel. Ne voulant pas trop insister, il s'empresse ensuite de changer de sujet :

– Ce matin, c'est Anaïs qui va vous emmener faire un tour. Vous allez visiter les salins d'Aigues-Mortes. En principe, l'hiver, ils sont fermés, mais j'ai un bon copain sur place et ses explications devraient vous intéresser.

Une heure plus tard, les quatre filles longent de grands bassins inondés où se reflète le gris du ciel. L'ambiance est mélancolique, le froid vif ; engoncées dans leurs manteaux, les visiteuses ont l'impression que l'humidité leur remonte jusqu'aux épaules. Pour se réchauffer, Hector arpente ventre à terre les talus qui séparent les bassins rectangulaires.

L'ami de Batisto travaille sur les salins depuis trente ans. Quand il a prononcé le nom de son métier, les filles ont ouvert de grands yeux.

– Eh oui, les sauniers, ce sont les ouvriers du sel. Leur travail s'étale sur toute l'année ; mais la période intense, c'est surtout l'été. En ce moment, on ne fait que réparer les outils, inonder les bassins pour les protéger du froid, consolider les talus. Par contre, il faut imaginer l'atmosphère ici entre juin et septembre ! Des centaines de sauniers qui s'affairent partout, des pelleteuses qui entassent le gros sel en montagnes de quinze à vingt mètres…

– Et puis, intervient Anaïs, les bassins ont une couleur rose vif. C'est superbe.

– Pourquoi rose ? s'émerveille Gwen.

– C'est la couleur d'une algue appelée *Dunaliella salina.* Sa quantité augmente à mesure que l'eau devient de plus en plus salée.

– Et pourquoi est-ce qu'il y a de plus en plus de sel ?

Le saunier désigne du doigt les bassins les plus éloignés :

– Le circuit commence là-bas. Au printemps, on introduit l'eau de mer dans ces premiers bassins, les « partènements ». Au fil des semaines et des mois, on la fait circuler de bassin en bassin ; grâce à l'évaporation, sa teneur en sel augmente. Quand elle arrive aux cristallisoirs, les bassins qui sont devant nous, il n'y a presque plus que du sel ; il reste juste à le ramasser. Et certains soirs, quand le vent se met de la partie, on peut aussi récolter la fleur de sel. C'est un cristal d'une finesse et d'un goût incomparables, qui se forme à la surface de cette eau devenue rose. Il faut cueillir la fleur avec un grand savoir-faire, sinon elle coule et se transforme en gros sel… Dommage !

Les filles laissent leurs regards se promener sur les bassins inondés.

– En effet, dit Alix, le paysage doit être bien différent l'été.

– Oh oui, s'exclame Anaïs, beaucoup moins austère ! Il n'y a que les remparts de la vieille ville d'Aigues-Mortes, là-bas, qui ne bougent pas selon la saison… Je vais vous emmener les voir juste après. Ils n'ont pas changé depuis que Saint Louis a embarqué ici avec sa flotte, pour partir en croisade.

– Embarqué ? s'étonne Clémence. Mais la mer est à plusieurs kilomètres d'ici !

– Il y a des canaux pour relier le port à la côte, explique Anaïs.

– Et des pompes pour apporter l'eau de mer jusqu'aux marais, ajoute le saunier, tout à son affaire.

– En tout cas, il y en a un qui s'amuse bien, sourit Clémence en pointant l'index en direction d'Hector. À l'extrémité opposée du bassin, le chiot course un oiseau pour se donner des airs de chien de chasse.

– C'est un héron garde-bœufs, précise le saunier en observant le décollage paniqué du volatile.

L'épagneul, emporté par son élan, n'arrive pas à freiner. Ses quatre pattes dérapent dans la boue ; il fait un vol plané et plonge dans le bassin en soulevant une gerbe d'eau brunâtre. Il barbote aussitôt jusqu'à la rive et se hisse sur le talus. Les quatre amies partent du même fou rire et se précipitent pour aller réconforter Hector. Tout piteux, celui-ci s'ébroue et glisse vers sa maîtresse des regards lamentables. Juliette lui caresse les oreilles, sourit :

– « L'épagneul, honteux et confus, jura, mais un peu tard…

– … Qu'on ne l'y prendrait plus ! » complète Clémence.

Gwen vient d'aviser un objet inconnu échoué sur le talus. Ça ressemble à une longue perche avec, au bout, une planche de bois perpendiculaire au manche.

– Qu'est-ce que c'est ? demande-t-elle au saunier, qui les a rejointes.

– Un simoussi. Ça sert à pousser doucement le sel pour le récolter. Celui-ci est fichu, regardez, le manche est abîmé et la planche est fendue à deux endroits. Il ne vaut plus grand-chose, c'est pour ça que mes collègues l'ont laissé là. Té, je vais le mettre à la poubelle.

– Vous pouvez me le donner ? demande Alix les yeux brillants. Ça me fera un souvenir !

– Plutôt encombrant, le souvenir ! s'amuse le saunier en lui tendant la perche.

– Merci ! s'exclame Alix.

Clémence observe sa cousine, intriguée. Elle la connaît assez bien pour se douter qu'Alix a d'autres idées en tête que d'ouvrir un musée du sel dans sa chambre…

De retour à la manade, les filles sont accueillies par Batisto qui raccompagne un policier. Après avoir regardé partir la voiture de l'agent, le parrain de Clémence, toujours jovial, leur demande :

– Alors, cette visite des salins ?

– Passionnante ! s'exclame Juliette. Et la vieille ville d'Aigues-Mortes est superbe.

– C'est un simoussi que tu tiens là ? demande Batisto en se tournant vers Alix.

– Oui, ton ami le saunier me l'a offert, c'est gentil, hein ?

– Il nous a aussi donné un petit pot de fleur de sel, ajoute Gwen en entrouvrant un sac avec précaution, comme s'il contenait un trésor.

– Vous verrez comme c'est bon, répond Batisto. Moi, la fleur de sel, je serais presque à en mettre dans mon café ! À propos de bonnes choses, ça vous dit de passer à table ? J'ai faim !

– Nous aussi ! On court se laver les mains et on arrive.

Dans la salle de bain, Clémence interroge sa cousine au sujet du simoussi.

– Bien sûr que j'ai un plan, dit Alix en regardant dans le miroir les visages de ses amies.

Elle sourit de les voir toutes trois si avides et reprend d'un air mystérieux :

– Je ne sais pas du tout si ça va marcher, alors je préfère ne rien dire. Vous verrez tout à l'heure, on essaiera mon idée au bord de l'étang de Vaccarès.

Les filles trépignent, mais Alix est décidée à ne pas en dire plus. Heureusement, elles savent que leur curiosité sera vite satisfaite. Batisto a suggéré qu'elles pourraient profiter du beau temps revenu pour se promener pendant qu'il effectuerait une dernière démarche au commissariat.

Au début de l'après-midi, les revoilà sur les rives de l'étang, au milieu des roseaux détrempés par les averses de la nuit. Alix, qui porte le simoussi sur l'épaule, se dirige vers l'endroit où, hier, elle a entendu les craquements suspects. Maniant le simoussi avec la dextérité d'un vieux saunier, elle commence à écarter les roseaux pour inspecter le sol en quête de traces.

– Pas géniale, mon idée, observe-t-elle au bout de quelques minutes.

En effet, la planche de bois fixée au bout de l'outil écrase la végétation plus qu'elle ne l'écarte ; par ailleurs, la longueur du manche gêne la progression d'Alix.

– Rien de tel que les bonnes vieilles méthodes, finalement, dit-elle en reposant le simoussi pour empoigner les roseaux à deux mains.

– Surtout quand on est quatre, ajoute Clémence en s'attelant au même travail, un mètre à sa droite.

Juliette et Gwen se positionnent aussi en ligne, à gauche, et un ratissage assidu commence.

– Stop ! s'écrie Clémence au bout de trente secondes. Ne bougez plus !

Toute la rangée s'immobilise, même Hector, qui avance truffe au sol au bout de la ligne, quoi qu'il ne comprenne pas très bien à quoi joue l'équipe des filles.

– Regardez, reprend Clémence, il y a des roseaux écrasés devant moi, c'est peut-être une preuve de passage… Ça vaut le coup de regarder avec une attention toute spéciale…

En effet, trois ou quatre tiges sont cassées, comme si quelqu'un s'était arrêté là, malmenant la végétation.

– C'est toi qui as eu l'idée, à toi l'honneur, souffle Clémence à sa cousine.

Alix lui sourit comme pour dire que ça n'a aucune importance, mais Clémence insiste et l'aînée du groupe s'avance doucement vers les roseaux abîmés, qu'elle écarte à droite et à gauche, le plus loin possible, à la base des tiges.

– Gagné !

Il y a un frémissement d'émotion et de victoire dans sa voix. Juliette, Clémence, Gwen collent leurs têtes à la sienne, et aperçoivent par terre des empreintes de semelles, immobiles, bien parallèles, comme si un homme avait stationné là longtemps. Un instant de silence, tandis qu'Alix colle ses yeux aux empreintes. Elle annonce enfin :

– Une chance que les roseaux aient protégé ces traces du ruissellement de la pluie, mais quand même, l'observation est difficile. Je crois bien qu'il y a quatre trous à droite et cinq à gauche. Gwen, tu veux vérifier, avec ta vue de lynx ?

Gwen confirme l'analyse après un long examen des deux empreintes. Clémence, puis Juliette observent à leur tour, suivies par Hector qui pointe aussitôt son museau vers le haut.

– Tiens, Hector, mais c'est vrai ! Tu vas pouvoir exercer ton flair ! s'écrie Juliette.

Mais l'odorat d'Hector est troublé par l'abondance de la pluie tombée depuis la veille, et par l'odeur forte de la végétation détrempée. Il regarde sa maîtresse d'un air navré.

– Pas grave, dit Juliette. On essaie de suivre ces empreintes, pour voir ? On devrait en trouver d'autres…

– Batisto nous a demandé de ne pas nous mêler de l'enquête, fait remarquer Clémence prise d'un scrupule.

– On ne se mêle de rien du tout, intervient Gwen d'une voix ingénue. On se balade, on explore, ce qui n'est pas interdit. Mais par prudence, on suit des empreintes déjà existantes pour ne pas se perdre à travers les roseaux. Si un homme est passé par là, c'est que nous, on ne risque pas de s'enliser dans un marécage.

– Vu comme ça… sourit Juliette.

– On y va, on avance, déclare Alix. Lentement, pour ne pas risquer d'écraser des traces sans les voir.

Chapitre 5

Hélas ! La tempête nocturne a soufflé aux abords de l'étang. Le sol, martelé par la pluie, est spongieux, raviné. Après ces premières empreintes prometteuses, les quatre détectives peinent à en trouver d'autres.

– C'est logique, grommelle Alix. Le bonhomme a stationné là-bas assez longtemps pour nous écouter, et à cause de son poids, ses empreintes se sont bien enfoncées dans la terre. Ensuite il s'est faufilé assez vite à travers les roseaux, ses traces devaient être bien plus légères, la pluie les aura effacées.

– Fin de parcours, annonce Clémence à cet instant en découvrant entre les roseaux une immense flaque d'eau qui brouille définitivement la piste.

Juliette réfléchit.

– C'est rageant d'abandonner après avoir trouvé un indice si intéressant. On pourrait peut-être se séparer deux minutes, marcher chacune dans une direction différente, pour voir si on ne retrouve pas la trace.

Les autres acquiescent.

– Pas trop longtemps quand même, suggère Gwen, il ne faudrait pas qu'on se perde. Je ne suis pas grande comme Alix, moi, ma tête ne dépasse pas des roseaux. Je ferai comment pour vous retrouver si je ne vous entends plus ?

– Tu as raison, dit Alix. Dans deux minutes, chacune revient sur ses pas et on se retrouve ici même. Aiguisez votre sens de l'orientation, les filles… Et criez si besoin !

Les mouettes qui survolent l'étang de Vaccarès doivent être intriguées par les quatre sillons qui s'éloignent les uns des autres à travers les roseaux. Les exploratrices marchent penchées pour mieux examiner le sol ; à peine pourrait-on apercevoir, çà et là, le pompon rouge d'un bonnet ou le bout d'une écharpe qui s'accroche à la tête d'un roseau.

Seul le crissement de la végétation signale le passage des filles, qui ne s'entendent plus les unes les autres.

Deux minutes se sont écoulées. Clémence s'apprête à faire demi-tour lorsqu'elle aperçoit presque sous ses pas, à demi enfouis dans le sol à côté d'un gros caillou, un poignard et un marteau. Son cœur bondit. Elle s'apprête à les saisir par le manche, se ravise, parle toute seule dans son excitation :

– Les empreintes digitales ! Si j'y touche, celles du type vont être effacées. Si elles ne le sont pas déjà, avec toute cette pluie…

D'un autre côté, laisser ces armes sur place, c'est les perdre à jamais : comment baliser un chemin dans ces roseaux denses ? Clémence réfléchit et finit par ramasser les deux objets avec mille précautions, le marteau par l'extrémité de son manche, le poignard par l'extrémité de sa lame.

– Hou hou ! Clémence ! Ça va ? Où es-tu ?

Des appels inquiets traversent la forêt de roseaux. Les trois autres filles, ne la voyant pas revenir, s'époumonent pour la guider.

– J'arrive ! lance Clémence. J'ai trouvé des armes !

Un silence stupéfait accueille cette information capitale. Elle réfléchit quelques secondes, ouvre son petit sac à dos, y range les deux objets en espérant très fort que le frottement n'effacera pas les empreintes. Pas le choix ! Puis elle fait demi-tour, songeuse, en se demandant pourquoi la lame du poignard semble si émoussée et la tête du marteau si carrée, si rustique.

Elle rejoint ses amies au moment où un bruit de galop tout proche sonne sur la terre mouillée. Un cavalier longe le bord de l'étang sur un camargue élégant et vigoureux.

– Ciprian ! hurle Gwen qui reconnaît aussitôt le gardian rencontré devant les arènes des Saintes-Maries.

– Ho-ho !

Avec un cri joyeux, Ciprian fait ralentir son cheval, puis le dirige vers les filles.

– Alors les petites Parisiennes ! La Camargue, ça vous plaît ? dit-il en désignant d'un large mouvement du bras le décor extraordinaire de Vaccarès.

Ravies de le rencontrer, les quatre amies lui racontent les merveilles qu'elles ont découvertes depuis leur arrivée, mais aussi la disparition des quatre chevaux, leurs doutes au sujet d'un individu rôdant dans les roseaux, leur découverte des empreintes de bottes dépareillées. Ciprian manque de s'étrangler d'indignation.

– Des gens sans morale et sans scrupules, ça ne devrait même pas fouler le sol de la Camargue ! tonne-t-il. Voler des chevaux, ce qu'il y a de plus sacré ici !

Il est en colère comme si c'était lui qui s'était fait voler les camargues.

– Qu'est-ce que tu en dis, Tempesta ? lance-t-il à son cheval.

Celui-ci, aussi scandalisé que son maître, secoue en tous sens une crinière emmêlée par le vent. Cela fait rire les filles malgré leur propre ressentiment.

– Enfin, reprend Ciprian, il ne faudrait pas vous gâcher les vacances à penser à des malfaiteurs sans foi ni loi. Ça vous dirait de visiter mon élevage de taureaux ? Il n'est pas loin et c'est encore plus court si on passe par l'eau. J'ai une barque amarrée près d'ici.

Juliette, Alix et Gwen acceptent d'une seule voix, enchantées à l'idée de naviguer sur l'étang. Le seul mot de « taureaux » tempère l'enthousiasme de Clémence, mais Ciprian la rassure : elles n'auront pas à s'approcher des bêtes.

– Mes taureaux ne sont pas agressifs, en plus. Et mon trident, mon *ficheiroun*, comme on l'appelle ici, suffirait de toute façon à vous protéger contre toute bête un peu turbulente.

Quelques instants plus tard, la barque avance sur l'étang. Ciprian a ordonné à son cheval de longer la rive au galop, ce que la bête semble très habituée à faire. À présent, le gardian joue de la rame avec agilité. Il louvoie entre les îlots de roseaux où piaillent des oiseaux de toutes sortes, évitant les bancs de sable et les zones où affleure la vase.

– Vaccarès est très étendu, explique-t-il à ses passagères, mais pas très profond, jamais plus de deux mètres. Il faut bien connaître pour ne pas s'échouer sans arrêt, même avec une barque à fond plat comme la mienne.

Les quatre filles sont rassurées d'être avec un expert, car le matériel laisse à désirer. La barque, un bateau sans âge, est rongée par l'humidité. En deux endroits, l'eau s'infiltre à vue d'œil par les fentes du bois.

– Tiens, Alix, prends l'écope, veux-tu ? dit Ciprian en lui tendant un pot de fromage blanc vide qui traîne à ses pieds. Il suffit de rejeter l'eau dans l'étang. Faut que je colmate ces trous, mais pour l'instant, il n'y a pas trop d'urgence, le débit reste raisonnable.

Alix attrape l'écope et se met au travail. De fait, le volume d'eau embarquée reste faible. Entre deux coups d'écope, Alix a même le temps d'admirer le vol des canards sauvages au-dessus de l'étang, et les silhouettes élancées d'une tribu de flamants roses qui semblent avoir pris racine au bord de l'eau.

Bientôt Ciprian se rapproche de la rive. Les flamants roses s'éloignent, prudents, en voyant débarquer d'un coup cinq humains et un chien. Le jeune gardian traîne l'embarcation sur la vase, y jette négligemment sa rame, et invite les filles à le suivre jusqu'à une cabane toute proche.

– Bienvenue chez moi ! C'est une vraie cabane de gardian, vous savez. Bon, elle n'est pas ancienne, c'est moi qui l'ai construite… Mais j'ai respecté des plans traditionnels, elle est plus authentique que nature.

Les filles s'extasient. Elle a fière allure, cette cabane en bois et en roseaux, et sa drôle de forme contribue à son charme : sur l'arrière, le mur est bombé, formant un demi-cercle. Alix, après avoir fait le tour, demande la raison de cette particularité. Ciprian sourit :

– Ce n'est pas une particularité, puisque toutes les cabanes de gardians sont ainsi faites ! Ce côté-ci est le plus exposé au mistral, et sa forme arrondie offre moins de prise au vent. Vous remarquerez d'ailleurs que c'est un mur aveugle, pour cette même raison. La seule fenêtre est là, dit-il en désignant une ouverture étroite sur une autre face de la cabane.

Le gardian s'essuie soigneusement les pieds sur le seuil, puis il reprend :

– Je ne vous fais pas entrer tout de suite. J'attrape mon trident et on va faire un tour vers la prairie où mes bêtes ont leurs habitudes, tant qu'il fait encore grand jour. On reviendra goûter à la cabane.

Au bout d'une vaste étendue d'herbe en friche balayée par le mistral, des silhouettes noires et trapues broutent sans se soucier des regards qui les observent. Les taureaux ont pourtant repéré l'approche de leur gardian avec ses visiteuses, mais ils n'en ont cure. Cette indifférence a vite fait de rassurer Clémence, qui prend plaisir à observer les bêtes.

– Allez, je vous invite à boire un jus de fruits, dit Ciprian au bout de quelques minutes. Je ne veux pas qu'on traîne trop. Vos hôtes s'inquiéteraient.

Les filles, transies de froid, ne sont pas fâchées de faire une halte au chaud dans la cabane. Celle-ci est minuscule : à cinq, on y tient à peine, mais elle est bien isolée du vent et il y fait bon.

En posant son sac sur le sol fait de planches disjointes, Clémence entend un bruit métallique, qui attire aussi l'attention des autres.

– Qu'est-ce que tu transportes là-dedans ? s'étonne Alix.

– Ah oui ! s'écrie Clémence. La rencontre avec Ciprian m'a fait oublier cette histoire : ce sont les armes dont je vous parlais !

– Quelles armes ? demande Ciprian stupéfait.

Elle entrouvre son sac et en tire le poignard et le marteau, en prenant soin de les tenir toujours par les mêmes extrémités. Ciprian se penche dessus avec surprise. Il hoche la tête :

– Ce ne sont pas des outils de gardian, ça. Ni même des outils d'artisan ou de paysan camarguais. Je dirais – mais je ne suis sûr de rien – que ce sont des objets anciens.

– Qu'est-ce qui te fait croire ça ? interroge Juliette à mi-voix.

– Qui pourrait travailler avec une lame de couteau aussi peu aiguisée ? Avec un marteau informe comme celui-ci ? Et ces manches en métal, c'est quand même moins pratique que du bois, beaucoup trop lourd…

– Pourtant, ils ne sont pas rouillés, fait remarquer Clémence. Alors qu'ils étaient dans l'eau.

– Certains métaux traversent le temps sans dégâts, avance Ciprian. Oh, regardez, il y a des lettres gravées sur le marteau.

En effet : sur le manche est ciselée une inscription composée de deux lettres.

– « M »… déchiffre Clémence. L'autre lettre est bizarrement faite, je ne la reconnais pas.

– Fais voir, dit Gwen, qui se penche à son tour sans oser mettre ses empreintes sur le marteau.

Pendant vingt secondes au moins, elle reste accroupie devant l'outil. Ses amies la regardent plisser les yeux pour mieux distinguer le contour de la lettre.

Elle dit enfin :

– Ce n'est pas une lettre de notre alphabet, j'en suis sûre.

– C'est ce que j'aurais dit aussi, confirme Ciprian.

– Mais alors ? s'exclame Gwen.

– Ce seraient des objets étrangers ? demande Clémence en regardant attentivement l'expression songeuse de Ciprian.

– Étrangers, ou très anciens. Peut-être bien les deux, d'ailleurs. De nombreuses civilisations se sont succédé sur cette côte méditerranéenne au cours de l'Antiquité et du Moyen Âge.

Clémence semble avoir perdu la capacité de respirer. Sa passion pour l'archéologie, née dans des grottes souterraines au printemps dernier, ressurgit plus vive que jamais, et elle couve les outils des yeux.

– Ce que je vous conseillerais bien de faire, reprend Ciprian avec animation, c'est de porter ça au musée d'Histoire ancienne à Arles. Ils devraient pouvoir expertiser vos trouvailles.

– C'est une excellente idée, oui, merci, répond Clémence dans un souffle.

– À propos d'outils, à quoi te servent ces lassos ?

Pendant que Clémence repose les deux outils dans son sac – avec autant de précautions que s'ils étaient en cristal – Juliette inspecte la cabane, sobre, propre et bien rangée. Son regard s'est arrêté sur deux lassos accrochés au mur.

– Ah, ça, ce sont mes *seden*, explique Ciprian. Indispensables à tout gardian qui veut se faire obéir de ses bêtes ! Les taureaux, ce n'est pas toujours commode, comme vous le savez. Un *seden* sert à les dresser, comme un lasso de cow-boy : on attrape la bête rétive et ça la calme… Sans lui faire mal ! précise Ciprian avec un sourire en voyant Juliette froncer les sourcils. Je te promets que je n'ai jamais étranglé un taureau de ma vie !

En effet, le charmant Ciprian n'a rien d'un bourreau. Juliette rassérénée caresse l'un des *seden* d'un index distrait.

– Ils sont faits en quoi ?

– En crin de cheval. C'est très solide, et puis c'est un matériau local !

Nouvelle moue de Juliette. Ciprian part de son rire aimable et chaleureux :

– Mais on ne tue pas les chevaux pour leur prendre leurs crins, hein ! On leur coupe juste les cheveux, en quelque sorte.

Juliette sourit, jette un dernier coup d'œil aux deux *seden.* Quelque chose alors semble l'étonner, ses yeux s'agrandissent, mais le mouvement est si imperceptible que Gwen est la seule à le remarquer. Les autres se préparent à partir, car la lumière baisse et il est temps de traverser l'étang pour rentrer chez Anaïs et Batisto.

Chapitre 6

Six personnes discutent avec animation sur une grande esplanade moderne, tandis qu'un petit épagneul s'impatiente. La queue frétillante, il lève le museau vers l'immense façade couleur bleu faïence, où s'étale une inscription qu'il ne comprend pas : « Musée de l'Arles antique ». Pauvre Hector ! Il n'ose même plus japper. Juliette lui a tellement recommandé d'être sage… Comment faire comprendre à sa maîtresse qu'il a hâte de quitter la ville pour retourner batifoler sur les terres enchantées de la manade ?

Pour l'instant, les filles n'ont pas l'air pressées de partir. Batisto et Anaïs non plus. Ils échangent tous des exclamations enthousiastes :

– Dis donc, Clémence, c'est la découverte du siècle ! s'écrie Anaïs.

– Attends, proteste l'intéressée, ce n'est pas sûr. Seule l'expertise scientifique pourra le confirmer.

– Le directeur semblait quand même assez convaincu, glisse Alix.

En examinant les outils apportés par Clémence, en effet, le directeur du département des antiquités a bien cru identifier les lettres gravées sur le marteau. Il s'agirait de runes provenant de l'alphabet des Vikings. Et cela confirmerait une hypothèse toujours avancée, jamais démontrée : les Vikings auraient séjourné en Camargue le temps d'un hiver spécialement froid, en l'an 860, avant de remonter le Rhône pour piller les villes situées au bord du fleuve.

– Tout ça, reprend Clémence, ça reste du conditionnel. Ce n'est pas la peine de se faire des films !

Elle hausse les épaules pour se donner un air catégorique. En réalité, elle est la première à rêver que sa découverte puisse faire avancer les connaissances historiques actuelles, mais préfère se préparer à une déception, au cas où.

Le petit groupe se remet en marche pour la plus grande joie d'Hector, qui met aussitôt le cap sur la voiture.

– Attends, Hector, lance Juliette. Tant qu'à faire d'être à Arles, on va se promener un peu dans la vieille ville.

Mais qu'ont-ils donc, ces humains, à s'attarder sur des pavés malodorants, quand la Camargue sauvage est toute proche, avec sa bonne terre sentant le sel et les roseaux ? Hector soupire et emboîte le pas à sa maîtresse. Il faut bien faire contre mauvaise fortune bon cœur quand on n'est pas le chef.

Quelques rues plus loin, l'épagneul commence à en avoir assez. C'est la quinzième fois qu'il bute dans les mollets de Juliette, qui vient de s'arrêter devant une nouvelle vitrine.

– Un fabricant de santons ! s'exclame-t-elle.

– Ils sont trop mignons, tous ces personnages, ajoute Clémence.

Batisto se penche pour observer la devanture.

– Ils représentent tous les métiers traditionnels de Provence, et les costumes d'époque.

– On peut entrer, pour voir ? supplie Gwen.

– Bien sûr, répond Anaïs. En plus, je vois qu'il y a des soldes. C'est plutôt normal après Noël. Je vais en profiter pour compléter ma crèche.

– Je te reconnais bien là, sourit Batisto. À prévoir Noël prochain dès le mois de février !

Juliette s'est penchée sur son épagneul :

– Hector, on va entrer dans un magasin. Tu vois ce que ça veut dire ?

Hector baisse la tête d'un air las. Il va falloir se tenir à carreau.

– En plus, c'est un magasin de terre cuite, Hector. Fra-gi-le !

Pas drôle, la vie d'un chien, certains jours…

Une fois à l'intérieur, l'épagneul se blottit contre le vase à parapluie posé sur le seuil. Là, au moins, il ne risquera pas de commettre une gaffe. Il se roule en boule, décidé à dormir pour passer le temps.

– Qu'est-ce qu'il est bien élevé, votre chien ! s'exclame le santonnier. D'habitude, je mets les animaux à la porte, mais là, je vois que ce n'est pas la peine.

– Il est charmant, sourit Juliette.

Hector rouvre un œil pour recevoir le compliment, puis s'endort tout à fait. Pendant ce temps, les filles examinent les rayons remplis de personnages de terre cuite.

– Oh, regardez ici, c'est un gardian ! appelle Clémence. Il tient un… comment s'appelle ce lasso, déjà ?

– Un *seden*, complète le santonnier. Je vois que vous êtes au fait du métier ! Oui, mon gardian de terre cuite s'apprête à capturer un cheval sauvage. Sauf que je n'ai plus de chevaux sauvages, je suis en rupture de stock.

Les filles rient, sauf Juliette, qui a l'air songeuse : la vue du *seden* lui a rappelé quelque chose. Elle se tourne vers Batisto :

– Les *seden*, ça sert à attraper les chevaux seulement ? Ou aussi les taureaux ?

Le manadier réfléchit.

– A priori, c'est vraiment pour les chevaux. Mais il se peut que certains gardians en utilisent pour leurs taureaux. Pourquoi ?

– Oh, simple question de curiosité, répond Juliette évasive.

Quelques minutes plus tard, Hector se fait tirer de sa sieste.

– Désolée de te réveiller, lui souffle Juliette en lui caressant la tête, mais on repart à la manade.

D'un bond, Hector est sur ses pattes. Dans son enthousiasme, il renverse le vase à parapluie, reçoit une canne en bois sur la tête, et s'affole : a-t-il cassé quelque chose ? Mais l'air débonnaire du santonnier qui dit au revoir le rassure. Il bondit dans la rue et précède tout le monde vers le parking.

– À quoi t'a fait penser cette histoire de *seden* ? glisse Clémence à Juliette en chemin, profitant d'un instant où Batisto et Anaïs bavardent derrière elles.

Alix et Gwen s'approchent aussitôt pour entendre la réponse.

– Le *seden* de Ciprian, hier, il était plein de poils de cheval au niveau du nœud.

– Normal, rétorque Clémence, puisqu'il est fait en crin de cheval.

– Non, c'étaient des poils qui ne faisaient pas partie de la corde elle-même. Ils étaient juste retenus au lasso… comme tes cheveux à toi sur ta polaire, ajoute Juliette en regardant le col de Clémence.

– Merci de me faire remarquer ce détail. Ça fait désordre en effet.

– C'est le mot, j'ai trouvé que ça faisait désordre, reprend Juliette. Ciprian venait de dire qu'il se servait de ses *seden* pour les taureaux, alors pourquoi ces poils de cheval ?

– Tu es sûre que ce n'étaient pas des poils de taureaux ? demande Gwen.

– Ça fait quelque temps que j'arrive à distinguer le blanc du noir, s'esclaffe Juliette.

Alix, qui réfléchissait en silence, intervient soudain :

– C'est plutôt normal tout ça.

Les trois autres se tournent vers elle.

– Ciprian monte Tempesta pour travailler auprès de ses taureaux. Il suspend ses *seden* à la selle et la corde accroche des poils au passage. Vous avez vu comme il est ébouriffé, le cheval de notre ami ?

Les trois filles sourient.

– Bien sûr ! s'exclame Juliette. J'oubliais Tempesta !

– Je suis comme toi, enchaîne Clémence. On se pose trop de questions, parfois, on s'en ferait presque des nœuds au cerveau !

Pour l'instant, c'est Batisto qui semble se faire des nœuds au cerveau. En repassant devant le musée d'Arles, il fronce les sourcils devant un contraste déplaisant : la façade bleu vif du bâtiment tranche sur un ciel devenu gris, plombé, menaçant.

– Allons, voilà le mauvais temps qui revient, dit-il entre ses dents. La météo voyait juste… Et il paraît qu'au nord il pleut à seaux depuis hier. Pourvu que le Rhône reste sage !

Chapitre 7

Depuis que la nuit est tombée, la pluie tambourine contre les fenêtres de la manade. Les gouttières ruissellent à grand bruit. Dans la cuisine, autour d'une table bien garnie, l'ambiance est chaleureuse ; mais les filles sentent que Batisto prête l'oreille à ce qui se passe au-dehors.

De la pluie, encore, pendant les jeux de cartes qui prolongent la soirée.

De la pluie, toujours, lorsque les quatre amies vont se coucher.

De la pluie jusqu'au bout de la nuit, comme le constate Clémence qui a du mal à fermer l'œil. Entre deux cauchemars au sujet de chevaux volés, elle écoute le déluge et pense au Rhône qui doit gonfler d'heure en heure.

Le lendemain matin, Clémence dort à poings fermés, comme on fait après une nuit d'insomnie. Dans le lit d'à côté, Juliette hésite en regardant le ciel noir : le jour s'est-il levé ? Il faut croire que oui, car on frappe à la porte, et Anaïs entre dans la chambre, habillée comme pour quitter la maison.

– Bonjour, les filles, dit-elle à voix basse. Désolée de vous réveiller…

– Tu ne nous réveilles pas, répond Gwen d'une voix pâteuse, on était presque debout.

– Quelle heure est-il ? demande Alix en bondissant hors de son lit d'un air coupable.

Pour la super-active de la bande, les grasses matinées sont presque un crime.

– Neuf heures, répond Anaïs. Avec cette obscurité, on ne dirait pas, hein ? ajoute-t-elle avec un demi-sourire. Et pourtant il fait jour. La gendarmerie vient de nous appeler.

Au mot « gendarmerie », les paupières de Clémence s'ouvrent d'un coup.

– Ils ont émis un bulletin d'alerte, poursuit Anaïs. Au nord, la montée du fleuve a fait céder une digue.

Devant l'air effaré des quatre filles, Anaïs s'empresse d'ajouter :

– Ne vous inquiétez pas, c'est loin d'ici, dans un autre département. Mais disons que cela invite à une vigilance particulière. Batisto et moi, on file à une réunion à la mairie : le but est d'organiser un éventuel plan d'évacuation des manades pour ne pas être pris de court, au cas où.

– Qu'est-ce qu'on peut faire pour vous ? demande Juliette.

– Rien d'autre que de nous pardonner cette absence pour la matinée. Heureusement, on sait que vous avez de la ressource toutes les quatre, et qu'on ne vous retrouvera pas mortes d'ennui ! On sera là vers midi, peut-être un peu plus tard. Les réunions de ce genre, on sait quand elles commencent, on peut difficilement prévoir à quelle heure elles finissent. N'hésitez pas à aller prendre l'air.

– Mais pas trop loin, intervient Batisto qui passe la tête par la porte à cet instant-là.

Les filles sourient. Pourquoi le parrain de Clémence a-t-il l'impression qu'elles vont forcément se mettre en danger si elles sont laissées à elles-mêmes ?

– Promis, dit Clémence d'une voix rassurante.

Deux heures plus tard, sous un ciel d'encre, les silhouettes des quatre filles se découpent sur l'immensité de l'étang. Par gros temps, comme aujourd'hui, tous les éléments du paysage se confondent : les limites entre l'eau, la terre et le ciel s'estompent et se noient dans un gris aux mille nuances.

– C'est beau aussi, tout ce flou, remarque Gwen.

– Il y a un truc qui n'est pas flou, dit Alix, c'est le mistral !

Sous les rafales de vent, Vaccarès est agité de soubresauts qui font courir des vaguelettes à sa surface. Clémence est en train d'en suivre une du regard lorsque son portable sonne.

– Tiens, un numéro de fixe local, dit-elle en regardant l'écran. Allô ? Oui, c'est moi. Ah, oui ! Bonjour monsieur !

Les yeux de Clémence se sont allumés. Ses amies attendent, éperdues de curiosité.

– Ah bon ? C'est vrai ? C'est sûr ? Je… Je n'arrive pas à y croire… Je… Je… Je suis trop contente… De… de quand ? C'est fou, je, quelle… quelle chance !

– Dis, Clémence, tu pourrais mettre le haut-parleur au lieu de bégayer comme ça ? glisse Alix à voix basse.

– C'est la police ? On a retrouvé les chevaux ? demande Juliette.

Clémence est trop absorbée pour répondre, mais d'un geste impatient, elle branche le haut-parleur. Aux mots « runes » et « vikings », ses amies identifient aussitôt son interlocuteur : c'est le directeur du musée d'Arles. Les outils retrouvés par Clémence ont une longue histoire qui remonte bel et bien au IXe siècle.

– Vous semblez avoir la main heureuse, conclut le conservateur du musée. Si vous retournez dans la zone où vous avez découvert ces deux objets, je vous invite à ouvrir l'œil, vous pourriez trouver d'autres vestiges, avant l'équipe d'archéologues que je vais envoyer sur place.

– D'accord, oui… Justement nous sommes au bord de l'étang de Vaccarès.

Le regard de Clémence fouille instinctivement l'étendue sableuse, et soudain, l'archéologue en herbe pousse un cri :

– Il y a un… un… truc, là-bas ! S'il vous plaît, attendez, restez en ligne !

Elle s'élance avant même que ses compagnes aient repéré l'objet dont elle parle, et quelques secondes plus tard, c'est d'une voix haletante qu'elle décrit sa trouvaille au conservateur.

– C'est une tige en métal, avec un trou à un bout et un anneau à l'autre bout. À peu près au milieu, il y a une plus petite tige en métal qui part de façon perpendiculaire, et qui se termine par un anneau. Vous voyez à quoi ça peut ressembler ?

Le conservateur réfléchit un moment, puis répond :

– Bien sûr, il faudrait que je voie l'objet ; mais d'après votre description, j'ai tendance à penser qu'il s'agit d'un élément de mors brisé camarguais.

– … ?

– Les mors sont ces pièces de métal qu'on place dans

la bouche des chevaux pour compléter l'action des rênes, c'est-à-dire pour diriger le cheval. Vous me suivez ?

– Oui. Les Vikings montaient à cheval ?

– Euh, oui, répond le conservateur avec une pointe d'humour dans la voix, mais nous sommes en Camargue, ici, au pays de l'équitation. Je suppose qu'il s'agit d'un mors plus récent, quoique cassé en deux… Car l'élément que vous me décrivez a normalement une partie symétrique. Un gardian aura perdu ce bout de mors sur le sable.

– Ça se casse aussi facilement que ça ? demande Clémence déçue.

– Soit il avait un défaut, soit le cheval qui le portait s'est fâché très très fort. Les camargues ne sont pas toujours faciles à dresser, vous savez. Oh, je dois vous laisser, j'ai un appel sur mon autre ligne !

– Bien sûr… Merci pour votre appel, monsieur, je suis vraiment contente.

Clémence rempoche son téléphone et remarque enfin Alix qui lui fait de grands signes en désignant le sol de l'index, à une dizaine de pas de là. Juliette et Gwen se sont déjà précipitées.

Les filles restent longtemps les yeux rivés sur le sol. Le sable semble raconter une histoire, ici, l'histoire d'une lutte farouche. Les quatre amies y lisent des piétinements, des empreintes de sabots ayant martelé le sol avec fureur. Ici, une trace s'interrompt comme si un cheval avait fait volte-face après s'être cabré. Et un peu plus loin, la silhouette entière d'un corps humain s'est imprimée sur le sable détrempé, comme si un individu était tombé par terre de tout son long.

– Il a dû se faire désarçonner par le cheval, murmure Gwen, regardez comme l'empreinte de son corps est profonde. Il est tombé brutalement et de haut !

Un détail supplémentaire a visiblement attiré Alix, dont la bouche prend la forme d'un O parfait.

– Je ne rêve pas, les filles ? C'est bien la trace de sa main gauche, là ?

– Euh, oui, répond Juliette amusée, a priori je dirais que c'est l'empreinte d'une main gauche appartenant à un humain. Maintenant, si quelqu'un préfère y voir un orteil de mammouth…

– La trace est profonde, fait observer Gwen. Le cavalier tombé à terre a dû prendre appui sur sa main pour se relever de sa chute.

– Vous êtes d'accord avec moi pour dire qu'il manque une partie de l'auriculaire ?

– Tu as raison, répond Clémence. Pas de doute possible vu la netteté de l'empreinte. Mais pourquoi tu fais cette tête-là ? Ça arrive à des gens très bien d'avoir une phalange en moins, non ?

– Ça oui, articule Alix. Quelqu'un qu'on connaît est dans ce cas, par exemple.

– Qui ???

– Ciprian. J'ai remarqué ce détail la première fois qu'on l'a rencontré, devant les arènes des Saintes-Maries.

– Sûre de sûre ? souffle Juliette.

– Oui, vraiment.

– C'est lui qui serait tombé de cheval ? s'exclame Gwen. Tempesta avait l'air tellement bien dressé, pourtant ! La tempête l'aurait rendu fou ?

Alix réfléchit quelques instants.

– Ce serait bien d'aller voir à la cabane. Si Ciprian a eu un problème, s'il est blessé, par exemple, il est tout seul. Il faudrait qu'on s'assure qu'il va bien, non ?

– Tu as raison, dit Juliette. Ce n'est pas trop loin, on a le temps. On y va !

Elle siffle pour rappeler Hector qui court partout. Bientôt les quatre filles et l'épagneul prennent la direction de la cabane de Ciprian.

Chapitre 8

La progression est lente ; avec toute l'eau tombée pendant la nuit, les limites entre la terre ferme et les zones marécageuses ne sont pas claires, il faut faire attention à ne pas s'engager dans des zones glissantes où les pieds s'enfonceraient. Les quatre filles avancent en file indienne et se relaient pour ouvrir la route, afin que celle qui marche en tête reste toujours concentrée sur son itinéraire. Sur leur passage, des oiseaux isolés s'envolent avec un cri mélancolique ; Hector débusque de temps à autre un mulot qui s'enfuit aussitôt à travers les broussailles. Le ciel continue à faire rouler ses nuages noirs au-dessus du paysage en deuil. L'ambiance est plus maussade que jamais ; le froid et l'humidité déteignent un peu sur le moral des filles, qui avancent sans parler.

Enfin, grâce à Alix dont le sens de l'orientation n'est jamais pris en défaut, elles parviennent en vue de la cabane de Ciprian.

– Regardez, s'exclame Clémence à voix basse. La barque de Ciprian !

En effet, elle est échouée non loin sur la terre ferme, son nez dépasse d'une touffe de roseaux.

– On pourrait la prendre pour la fin du trajet, suggère Alix. Ce serait un raccourci. Autrement, regardez, on va encore devoir contourner cette nappe d'eau.

Les filles se précipitent, mettent la barque à l'eau, s'installent sur le banc vermoulu ; Hector rechigne à monter et flaire avec méfiance la flaque qui dort au fond de l'embarcation. C'est à grand-peine que Juliette le persuade de les rejoindre.

Alix s'empare de la rame ; mais la barque n'a pas avancé de deux mètres qu'un gargouillis se fait entendre entre les planches pourries, et avant que les filles aient eu le temps de réagir, un flot d'eau monte sous leurs pieds !

– L'écope, vite, s'écrie Gwen paniquée.

Trop tard. La barque déséquilibrée prend l'eau de tous les côtés, et quelques secondes plus tard, elle coule à pic. Hector lâche un jappement qui signifie : « Je vous avais prévenues ! » et se jette à l'eau. Les filles poussent un cri de panique unanime au contact de l'étang noir et glacial. Elles se dégagent de la barque, qui gêne leurs mouvements, et leurs pieds cherchent fébrilement le fond. Heureusement, ils l'atteignent très vite et, lorsqu'elles se redressent, elles constatent qu'elles n'ont de l'eau que jusqu'à la taille.

– Argh, grimace Juliette, elle est froide !

– Qui avait annoncé des vacances reposantes, déjà ? demande Gwen.

– Et qui a eu la bonne idée de prendre un raccourci par l'eau ? ajoute Juliette.

Tout en parlant, elle aide Gwen à regagner la terre ferme, car cette dernière semble clouée sur place par ses chaussures imbibées de boue. Une fois sorties, les filles se regardent en silence, puis éclatent de rire devant leur allure pitoyable, leurs manteaux dégoulinants, leurs pantalons collés aux jambes.

– Le problème, glisse Gwen, c'est qu'on ne va même plus pouvoir entrer chez Ciprian, on lui salirait sa cabane.

– On peut au moins voir s'il est là, répond Alix.

Parvenues à la cabane, les filles frappent à la porte. La voix de Ciprian répond aussitôt :

– Entrez !

Alix entrouvre à peine :

– Bonjour Ciprian, non, on ne peut pas entrer… On est dégoûtantes parce qu'on est tombées à l'eau. On venait juste vérifier que tout allait bien pour toi.

– Entrez quand même, répond Ciprian, ça n'a aucune importance, c'est une cabane ici, pas un palais !

Enhardies, les filles poussent la porte. Ciprian est là, allongé dans un coin de son abri, sur des couvertures de selle qui doivent à peine le protéger de la dureté du sol. Les filles le trouvent pâle et les yeux cernés même si sa voix n'a rien perdu de son énergie.

– Qu'est-ce qui t'est arrivé ? s'exclame Clémence.

– Ça m'apprendra à jouer les gentils cow-boys, sourit Ciprian. Cette nuit, j'ai essayé de sauver un cheval fou de la noyade. La bestiole paniquée par la tempête voulait se jeter dans l'étang.

– Un cheval à toi ? demande Alix.

– Non, je vous rappelle que je n'ai que des taureaux ! C'était un camargue que je n'avais jamais vu. Mais j'ai pensé qu'il s'agissait peut-être d'un des quatre chevaux que vous avez perdus. Alors j'ai essayé de le maîtriser, dans l'idée de vous le ramener.

– Tu as réussi ?

– Non, malheureusement. Il était fou furieux. Impossible de lui faire entendre raison. Il faut dire que je n'ai pas trop d'expérience pour dresser les chevaux, à part un stage dans un ranch américain il y a deux ans…

Ciprian s'interrompt comme s'il regrettait d'avoir évoqué ce souvenir, et reprend aussitôt :

– Bref, la bête s'est enfuie après m'avoir durement jeté à terre.

– Tu crois que le cheval s'est noyé ? demande Juliette le cœur serré.

– Euh, Ju, tu abuses, proteste Clémence. Ciprian est là, blessé, et toi tu penses d'abord au cheval qui l'a mis dans cet état ?

– Pas de mal, répond le gardian en riant. C'est beau d'aimer les bêtes ! Moi aussi j'aurais tendance à les faire passer avant tout. Je ne sais pas ce qui est arrivé à ce cheval, parce que je me suis évanoui en tombant. Quand je me suis réveillé, j'avais tellement froid et mal que je ne me suis occupé que d'une chose : ramener ma carcasse à la maison.

– Il faut qu'on appelle un médecin, s'exclame Alix.

– Oh, non, ce n'est pas la peine. Rien de cassé ! J'ai déjà pris un médicament, le meilleur qui soit… C'est une recette de ma grand-mère, à base d'herbes de Provence : une poudre où elle mélange farigoule, cerfeuil, coriandre, estragon, origan, sarriette, romarin… Depuis que je suis gamin, ça a toujours très bien marché pour les bleus et les bosses, même les plus graves !

– C'est joli ce mot, « farigoule », observe Juliette.

– Oui ! Chez vous, à Paris, on dit du « thym » mais ça sonne moins bien.

Clémence n'entend plus les propos qui s'échangent. Son regard s'est posé sur les bottes, que Ciprian n'a pas ôtées avant de se coucher. Ce sont les mêmes bottes gardianes que celles de Batisto, avec leurs semelles à cinq clous… Mais est-ce une illusion ? Clémence a l'impression fugitive qu'un clou de la semelle droite a la tête qui dépasse. Impossible d'en avoir le cœur net, car le clou est minuscule et la boue qui a séché sur les semelles de Ciprian ne facilite pas l'observation. De plus, à cet instant, le gardian change de position avec une petite grimace de douleur, et son pied droit disparaît sous la couverture.

« Je suis vraiment obsédée », se dit Clémence. Elle décide aussitôt de ne même pas aborder le sujet avec ses amies. De toute façon, à l'instant même, son portable sonne. Heureusement qu'il était rangé dans la poche supérieure de son manteau : le bain dans l'étang lui a été épargné.

– C'est Batisto, prévient-elle avant de décrocher.

Le manadier et sa femme sont retenus à la mairie un peu plus longtemps qu'ils ne l'imaginaient ; Batisto prévient sa filleule qu'ils rentreront d'ici une heure pour un déjeuner tardif.

– Ne t'inquiète pas, lui répond Clémence, on est en balade et vraiment pas pressées. Oui, oui, tout va bien… ajoute-t-elle en regardant ses amies d'un air comique.

Inutile de décrire à Batisto les pantalons trempés et les petites flaques qui se sont formées par terre autour de leurs chaussures couvertes de vase !

Elle raccroche. Alix ramasse un chiffon qu'elle vient de repérer dans un coin :

– On va te laisser, Ciprian, ce n'est pas la peine qu'on salisse ta cabane encore plus… Un petit coup de serpillière et on s'en va.

– Laissez tomber le ménage, sourit Ciprian, je passerai le balai facilement quand tout sera sec.

– Dans l'état où tu es…

– J'ai dit « quand tout sera sec ». Ça me laisse le temps de me remettre sur pied ! Merci de votre visite, en tout cas, c'est adorable de vous être souciées de moi.

Quand les filles se retrouvent au-dehors, le vent glacial les fait frissonner dans leurs vêtements mouillés. Pourtant, Juliette dit :

– Je retournerais bien à l'endroit où Clémence a trouvé ce mors brisé.

– Pourquoi ? demande Gwen.

– Pour voir si on peut découvrir la direction prise par le cheval échappé. Il a forcément laissé des traces par terre. Si on n'y va pas tout de suite, elles seront effacées par la prochaine pluie.

– Tu as raison, opine Clémence. Est-ce que vous vous sentez d'y aller ? S'il y en a une qui gèle trop, il faut rentrer à la manade.

– Moi ça va, dit Alix.

– Moi aussi, ajoute Gwen.

– Tu as les lèvres violettes, dit Juliette en observant cette dernière.

– Oh, ça va, môman ! proteste Gwen. Qu'on arrête de prendre soin de moi comme si j'étais un lapin de six semaines !

– Bon. Alors c'est parti… déclare Clémence.

Hector pousse un aboiement pour dire qu'il est d'accord lui aussi, mais qu'on aurait pu lui demander son avis quand même.

– Tu n'es pas à plaindre, toi, rétorque Juliette. Il a suffi que tu t'ébroues pour te sécher bien mieux que nous.

Quelques instants plus tard, les voici de nouveau sur la bande de sable désolée. L'endroit où Ciprian et le cheval se sont battus est facile à retrouver. Les traces imprimées sur le sol mouillé sont si compactes que le vent ne les a pas encore balayées. Pourtant, il a forci depuis le premier passage des filles. Ses hurlements n'ont pas l'air de plaire à Hector. Tandis que les quatre amies se penchent sur les empreintes de la lutte, l'épagneul avise un buisson ras à dix mètres de là et s'y précipite pour se mettre à l'abri du vacarme de la tempête. Mais ses aboiements excités attirent bientôt l'attention de Juliette.

– Qu'est-ce que tu as, Hector ?

Le chien semble désigner un objet par terre. Sa maîtresse se rapproche.

– Alix, Gwen, Clémence ! Venez voir, appelle-t-elle aussitôt.

– Eh bien quoi ? demande Clémence qui l'a rejointe la première.

Elle ne voit sur le sable qu'une bouteille brisée, le genre d'objet qui traîne trop souvent sur les plages, quand des fêtards sont venus boire une bière et qu'ils ont négligé de remporter leurs déchets.

– Regardez l'étiquette, dit Juliette.

Hector ne cesse d'aboyer comme un fou en considérant les tessons d'un air méfiant.

– Qu'est-ce que vous lisez, vous ? demande Juliette.

Gwen s'accroupit pour mieux observer.

– L'encre est délavée par la pluie, c'est difficile de voir. « Ket…ne for inj… expiry d… »

– On dirait de l'anglais, observe Alix, mais avec toutes les lettres qui manquent le texte à trou est difficile à compléter !

– Je crois que je peux le remplir, moi, articule gravement Juliette. C'est une bouteille de kétamine.

Chapitre 9

– Kétamine, kékséksa ? demande Clémence.

– Une molécule utilisée pour anesthésier les animaux. Regardez le comportement d'Hector, il reconnaît cette odeur aussi bien que je reconnais la bouteille, et ça lui rappelle des mauvais souvenirs ! Quand on a dû l'opérer pour sa patte cassée, cet automne, c'est le produit que le vétérinaire a utilisé pour l'endormir.

Juliette regarde ses trois amies, qui l'écoutent sans rien dire en attendant la suite.

– La fiole de kétamine que j'ai vue chez le vétérinaire était plus petite que celle-ci, poursuit Juliette. Je suppose que là, il s'agit d'une dose pour de gros animaux…

Long silence entre les quatre filles. Les gémissements du vent sifflent à leurs oreilles.

– Pour un cheval, par exemple ? demande lentement Gwen.

Juliette fait oui de la tête, sans répondre, puis elle reporte son regard sur la bouteille cassée.

– Ça ne vous étonne pas que ce soit écrit en anglais sur l'étiquette ?

– …

– …

– …

Après un moment, Juliette reprend comme à contre-cœur :

– Si je vous dis « ranch américain », ça ne vous évoque pas quelque chose qu'on a entendu récemment ?

– Ciprian a fait un stage dans un ranch, répond Alix.

Juliette acquiesce, le regard grave.

– Et alors ? Qu'est-ce que vous en concluez ? dit Gwen d'une petite voix.

– Je n'en conclus rien, dit Juliette, mais disons que l'idée me traverse. Je ne peux pas m'empêcher de penser que Ciprian a rapporté cette bouteille de kétamine des États-Unis. Et qu'il l'a utilisée sur le cheval, cette nuit, pour essayer de l'anesthésier.

– Peut-être parce que le cheval devenait dangereux et que c'était le seul moyen de s'en protéger ? glisse Gwen.

– Peut-être, dit Juliette d'une voix hésitante. En même temps, on ne se promène pas toujours avec une bouteille de kétamine en poche. Je veux dire par là que, si Ciprian l'avait sur lui, c'est parce qu'il avait déjà dans l'idée d'anesthésier ce cheval.

– Et ça colle mal avec ce qu'il nous a raconté, intervient Alix. Il a laissé entendre qu'il avait rencontré ce cheval ici par hasard.

– C'est ça, répond Juliette. C'est exactement ce que je pense.

Le silence qui s'installe de nouveau est lourd, accablant. Les filles se regardent en grelottant, sans trop savoir si ces frissons sont dus au froid ou au malaise né de leurs soupçons.

– Je ne peux pas croire que Ciprian ait une attitude louche, dit enfin Alix. Il est trop… trop… sympa. Et puis d'abord, pourquoi est-ce qu'il aurait voulu endormir un cheval, une bête qu'il ne connaissait même pas ?

– Peut-être qu'il le connaissait, murmure Clémence.

Elle a parlé si bas que ses paroles se perdent dans le vent.

– Qu'est-ce que tu as dit ?

– C'est peut-être lui le voleur de chevaux, articule Clémence plus distinctement.

Puis, devant l'air abasourdi de ses amies, elle se hâte d'évoquer ses doutes de tout à l'heure au sujet du clou saillant sur la semelle.

– Mais, objecte Gwen, sur les empreintes du voleur, le clou n'était pas saillant, il manquait.

– Je sais bien. Mais quand on a raconté à Ciprian les circonstances de la disparition des chevaux, on l'a mis au courant de ce détail. L'hypothèse qui me vient en tête, c'est qu'il s'est empressé de rajouter un clou à sa semelle, pour qu'on ne puisse pas le soupçonner.

– Enfin, quand même ! s'exclame Juliette. Il aurait au moins enfoncé le clou correctement !

– Batisto a bien dit que la fabrication des bottes gardianes était longue et difficile. Si c'était à la portée de tout le monde de réparer une semelle, lui-même n'aurait pas porté les siennes chez un spécialiste. Il est très bricoleur, Batisto.

– Je ne peux pas le croire. Je ne peux vraiment pas, proteste Gwen. Ciprian voleur, non.

– Quand on a parlé de nos chevaux et qu'on a entendu du bruit dans les roseaux, c'était probablement lui, poursuit Clémence. Il est le seul à avoir sa cabane tout près de là.

– Oui, mais quelles raisons l'auraient poussé à voler des chevaux, alors qu'il n'élève que des taureaux ?

Clémence hausse les épaules :

– L'envie de posséder des camargues magnifiques… Celle de les revendre pour se faire de l'argent… Je ne sais pas, moi.

– Et cette nuit ? reprend Gwen avec opiniâtreté. S'il a volé les chevaux, pourquoi est-ce qu'il s'est retrouvé ici, vingt-quatre heures plus tard, à se battre avec l'un d'eux ?

– C'était sûrement Escumo, affirme Juliette, qui a gardé un faible pour le camargue qu'elle montait. Il a du caractère, ce cheval. Il s'est sans doute enfui de l'enclos où Ciprian les avait enfermés.

Elle serre les poings.

– Voilà pourquoi il a des *seden* couverts de poils de chevaux, dit-elle encore après un instant de réflexion. Pour essayer de dresser nos amis… Quitte à les étrangler, oui ! Quel monstre !

Atterrées, bouche bée, ses amies regardent machinalement l'épagneul qui s'est couché sous le maigre buisson pour se protéger des assauts du vent.

– Rappelez-vous la hargne d'Hector envers Ciprian à notre première rencontre, ajoute subitement Juliette comme si elle venait de tomber sur l'indice ultime de la vilenie du gardian. Hector n'a jamais fait confiance à ce type. Il a eu plus de flair que nous.

– Il ne faut pas qu'on s'emballe, répond Alix. Dans notre pays il y a une notion qu'on appelle la « présomption d'innocence », et ça me semble important de la respecter.

– Qu'est-ce que c'est ? demande Gwen.

– C'est l'idée que, tant qu'une personne n'est pas reconnue coupable par des preuves solides, elle est considérée comme innocente. On ne peut pas accuser Ciprian sur de simples doutes.

Clémence s'éloigne pour inspecter une zone de sable cachée par un bouquet de roseaux. Quelques secondes plus tard, elle crie d'une voix forte :

– Et ça, tu appelles ça un « simple doute » ?

Son index désigne une large surface de sable écrasé, correspondant à la taille d'un cheval.

– Escumo est tombé ici après avoir été anesthésié… enfin, si c'est lui, parce que ça pourrait aussi être Estello, ajoute Clémence avec un clin d'œil à Juliette. Bref, c'est très clair, le cheval n'est pas allé plus loin que ça, contrairement à ce que prétend Ciprian.

– Et la trace se prolonge jusqu'à l'étang, observe Alix. Le cheval inanimé a dû être traîné sur plusieurs mètres, et peut-être embarqué dans un bateau…

– Ce qui expliquerait, enchaîne Clémence, que la barque de Ciprian ait pris l'eau tout à l'heure. Elle était déjà dans un sale état avant ; transporter une charge aussi lourde qu'un cheval n'a pas dû faire de bien à ses planches pourries.

Un silence, encore. Cette conversation ponctuée de grands vides reflète bien le désarroi des filles. Mais cette fois les quatre amies se rendent compte qu'elles meurent de froid sous ce vent glacial, dans leurs vêtements qui ne sèchent pas.

– Qu'est-ce que vous diriez de rentrer à la manade ? suggère Clémence. Je pense qu'on réfléchira mieux dans des habits secs. J'ai les pieds comme deux éponges qu'on aurait mises au congélateur.

– Tu as raison, lui dit sa cousine.

Les quatre filles se remettent en marche. Gênées par leurs pantalons visqueux, elles avancent d'un pas lent et maladroit. Hector s'arrête tous les trente mètres pour les attendre.

– Si Ciprian est le voleur, pense Juliette à voix haute, ça nous donne l'espoir de retrouver les chevaux, qui ne doivent pas être cachés bien loin d'ici.

– À moins qu'il les ait déjà revendus, objecte Alix d'une voix morne.

– Allez, allez, reprend Juliette. Moi, je milite pour la présomption d'optimisme. Les quatre chevaux sont encore autour de l'étang de Vaccarès, dans un enclos bien caché.

– Avec un bataillon de taureaux pour monter la garde tout autour et empêcher qu'on s'approche, c'est ça ? fait Clémence en frissonnant. Si c'est le cas, honnêtement, je préfère remettre l'enquête à la police. On a promis à Batisto qu'on ne se mettrait pas en danger.

– Avant de mener une quelconque enquête, dit Gwen, ça me paraît important de retourner voir Ciprian cet après-midi. On a un bon prétexte pour ça, il croira qu'on est venues prendre des nouvelles de sa santé.

– Pourquoi est-ce qu'on irait le revoir ?

– Pour essayer… Je ne sais pas, moi… de lui tirer les vers du nez. Il ignore qu'on a des soupçons à son égard. On ne risque pas grand-chose. Dans le pire des cas, on sera bredouilles, mais avec un peu de chance, on obtiendra qu'il lâche une gaffe nous donnant des indices supplémentaires. Tout à l'heure, par exemple, il nous a parlé de ce séjour dans un ranch américain : ça nous a mises sur une piste…

– Eh ben, s'exclame Juliette. Il va falloir jouer serré.

– On en est capables, non ? fait Clémence avec un sourire de défi.

– Oui, dit Alix. En plus, on a un avantage sur lui, c'est qu'on joue en équipe, alors qu'il est tout seul.

– Avec ses quinze taureaux, intervient Gwen. Regardez là-bas, les filles…

Quatre paires d'yeux se braquent sur l'endroit désigné par l'index de la petite Bretonne. Très loin là-bas, une silhouette sinistre se dessine entre deux bouquets de roseaux. À cette distance-là, les filles ne parviennent pas à voir si l'animal les observe ou s'il rumine tout simplement sans se préoccuper de leur présence. Le cœur battant, elles avancent en direction de la piste qui leur permettra de regagner la manade. Le taureau ne bouge pas, ne cherche pas à les suivre.

Mais cette apparition leur semble être de mauvais augure.

– J'ai reçu une goutte, observe Gwen peu après.

Le temps que les quatre filles lèvent les yeux pour regarder le ciel de plomb, la pluie a déjà repris les hostilités : une averse se déchaîne et des cordes de pluie fouettent le paysage.

Ça non plus, ce n'est pas très bon signe…

Chapitre 10

Les filles atteignent la manade juste au moment où Batisto et Anaïs arrivent eux-mêmes.

– Zut, fait Clémence à voix basse tandis que son parrain se gare. J'aurais bien aimé qu'on ait le temps de se changer. Ils vont voir qu'on est tombées dans l'étang.

– M'étonnerait, dit Alix en souriant.

En effet, la pluie a fait ce qu'il faut pour camoufler le bain forcé. Anaïs est à peine sortie de la voiture qu'elle s'exclame :

– Oh mes pauvres chéries, vous vous êtes fait rincer ! On croirait que vous êtes tombées dans l'étang de Vaccarès ! Montez vite vous mettre au sec avant d'attraper la mort. Ah la la, cette flotte !

Les filles ne se le font pas dire deux fois, contentes de quitter leurs vêtements glacés, et soulagées que leur enquête clandestine passe inaperçue.

Il pleut sans discontinuer pendant tout le repas. Au dessert, enfin, une timide éclaircie laisse filtrer un semblant de lumière entre les nuages noirs. Mais Batisto secoue la tête en observant le ciel à travers les vitres embuées de la cuisine.

– Ce n'est qu'un répit. Je préfère quand même qu'Anaïs et moi on se rende à l'invitation du maire à inspecter les digues. Mais ça m'ennuie de vous abandonner ici, les filles. Je fais un bien mauvais hôte… Est-ce que vous voulez venir avec nous ?

Un concert de protestations lui répond : non, les filles ne se sentent pas abandonnées, elles peuvent bien passer une après-midi supplémentaire toutes seules, d'ailleurs elles ne sont pas toutes seules puisqu'elles sont quatre (« et il y a Hector en plus », rappelle Juliette).

Batisto et Anaïs se préparent donc à partir, sans se douter que leurs invitées sont plutôt contentes d'être laissées à elles-mêmes. Le programme de l'après-midi est déjà tout tracé.

Lorsqu'elles arrivent en vue de la cabane de Ciprian, pour la première fois, celle-ci leur paraît hostile. Une brume froide monte de l'étang, enveloppant les îlots de roseaux de vapeurs mystérieuses. La cabane de gardian a une allure fantomatique dans ce décor glacial. Un grand silence plane sur l'étang, comme si les flamants roses eux-mêmes avaient décidé d'émigrer pour fuir les intempéries.

– Hector n'a pas l'air de vouloir nous suivre, fait remarquer Clémence, juste pour dire quelque chose.

En effet, depuis tout à l'heure, l'épagneul trottine dix pas en arrière et s'arrête souvent.

– Allez, Hector, viens, prononce Juliette à mi-voix.

Le chien obéit, visiblement à contrecœur. Lorsqu'il arrive aux pieds de sa maîtresse, les quatre amies s'aperçoivent qu'il gronde doucement.

– Il sent un danger, murmure Alix.

– Pas forcément. Depuis le début, ça se voit qu'il n'aime pas rendre visite à Ciprian. Seulement, on avait refusé de s'en apercevoir jusqu'à maintenant.

– D'ailleurs, dit Gwen, ce n'est pas forcément un sixième sens. J'y ai réfléchi tout à l'heure. Sa clairvoyance m'épatait, mais elle a peut-être une explication simple ! Les vêtements de Ciprian doivent être imprégnés d'une légère odeur de taureau qui inquiète Hector.

Juliette lève les yeux au ciel, faussement indignée :

– Pffft ! C'est laid de dévaloriser les talents d'Hector juste parce que tu es jalouse de ne pas avoir eu la même intuition.

Les filles se regardent en souriant. Le simple fait de bavarder leur a redonné du courage, comme toujours.

– On y va ? demande Alix en montrant la cabane d'un geste résolu.

Lorsque Gwen frappe à la porte, Ciprian ne répond pas. Les filles attendent un instant en se regardant d'un air grave. Ce serait presque mieux que Ciprian ne soit pas là. Clémence agite au bout de son bras le panier qu'elle a emporté de la manade. À l'intérieur, il y a un pain frais et croustillant, ainsi qu'une tablette de chocolat, le goûter qu'Anaïs a prévu pour ses invitées.

Gwen frappe une nouvelle fois, plus fort. Aucune réponse.

– Essaie d'entrer, murmure Alix.

Gwen tourne la poignée : la porte s'ouvre sans résistance. La cabane est vide ; les couvertures qui servaient de matelas au gardian sont repliées sur la table bancale. Ciprian est parti.

– On enlève nos chaussures et on les laisse à la porte, décrète Clémence en montrant l'exemple. Il ne faut pas faire de traces… Ciprian a déjà balayé celles qu'on avait laissées ce matin.

– Hector, chuchote Juliette, reste posté dehors. Si notre lascar arrive, tu grognes pour nous prévenir. D'accord ?

L'épagneul penche la tête de côté et va s'asseoir sur le seuil.

– Il est vraiment intelligent, ton chien, s'exclame Alix.

– J'avais remarqué, répond Juliette.

À cet instant, Hector bondit sur ses pattes et s'élance vers l'étang. Deux canards décollent à son approche.

– Hector, espèce de nouille, reviens ! fulmine Juliette.

– Intelligent, mais libre d'esprit aussi, s'esclaffe Clémence. À moins qu'il ait confondu « lascar » et « canard » ? Ça se ressemble, après tout…

Juliette furieuse hausse les épaules.

– Ne vous inquiétez pas, dit Gwen, je garde un œil dehors pendant que vous inspectez la cabane.

– Les bottes n'y sont pas, soupire Alix qui a déjà regardé dans tous les coins.

– Tu t'attendais à quoi ? À ce que Ciprian soit sorti en chaussettes ? demande Juliette.

– Il aurait pu avoir une seconde paire, je ne sais pas, moi… Mais ç'aurait été trop beau, bien sûr.

– J'ai des scrupules à fouiller cette cabane, fait Clémence. Je ne ferai jamais une bonne détective, je ne pourrai pas faire des perquisitions chez les gens.

– Ça tombe bien, glisse Juliette, puisque tu as décidé d'être archéologue. Tu ne fouilleras que des maisons dont les proprios sont morts à l'époque de Jules César.

– De toute façon, complète Alix, il n'y a pas grand-chose ici…

Elle entrouvre un placard d'angle. Des boîtes de conserve, des paquets de pâtes, un réchaud. Enhardie par le geste d'Alix, Clémence surmonte sa répugnance et soulève le couvercle d'un coffre, le seul autre meuble de la pièce. Des vêtements. Un instant, l'idée lui vient de glisser les mains dans le linge pour vérifier qu'un objet compromettant n'y serait pas caché. Mais elle ne peut pas s'y résoudre. Elle pense à ce qu'elle dirait si on venait fourrer le nez dans sa garde-robe, et referme le coffre doucement, comme pour lui demander pardon.

– Oh ! fait Juliette qui a soulevé la pile des couvertures sur la table. Ça, c'est intéressant…

Elle est penchée sur une feuille banale qui ressemble à un formulaire de déclaration administrative, avec plein de cases vierges à remplir.

– L'en-tête du formulaire porte le nom « Haras nationaux ». L'impression est de mauvaise qualité : de toute évidence, Ciprian a tiré cette déclaration d'un site internet et l'imprimante devait manquer d'encre couleur.

– Qu'est-ce que ça veut dire « haras » ? demande Clémence.

– Un haras est un élevage de chevaux. Les Haras nationaux sont l'organisme qui gère l'élevage des chevaux au niveau national : ils s'occupent des immatriculations, tiennent les registres des bêtes pour toute la France. Quand un éleveur a un nouveau cheval sur son élevage, il est tenu de le déclarer, vous comprenez ?

– Non, répond Clémence.

– Tu préfères que je te redise ça en tibétain ou plutôt en polonais ? s'impatiente Juliette.

– Le français m'a suffi, sourit Clémence. Ce que je ne comprends pas, c'est l'idée qu'il y a derrière. Ciprian n'irait jamais déclarer officiellement quatre chevaux qu'il aurait volés, si ? Imagine un voleur apportant quatre voitures de luxe à la préfecture de police en disant : « Bonjour, je voudrais immatriculer ces véhicules. »

– C'est sûr. Il va plutôt les revendre à la sauvette, intervient Alix.

– Je ne dis pas le contraire, reprend Juliette. D'ailleurs ce formulaire est de mauvaise qualité, trop pâlot pour être remis à une administration.

– Mais c'est la preuve que Ciprian s'intéresse à des chevaux, fait remarquer Gwen. Alors qu'il prétend n'élever que des taureaux.

– Merci, s'exclame Juliette. Enfin une qui comprend où je veux en venir.

– Mais, Gwen, qu'est-ce que tu fais là ? demande Clémence. Tu es censée surveiller à la porte !

– Oui, c'est vrai, fait Gwen penaude… J'étais trop curieuse de voir ce papier. J'y retourne…

Avant même d'avoir esquissé un pas vers la porte, elle se fige comme une statue. Un bruit de sabots martelant la boue se fait entendre au-dehors. Juliette replace précipitamment la feuille imprimée sous les couvertures.

La porte de la cabane est grande ouverte, détail qui n'a sûrement pas échappé au gardian. Heureusement, les filles avaient prévu un prétexte pour justifier leur présence. Clémence se montre sur le seuil, salue le cavalier qui approche, et exhibe le panier du goûter :

– Ah, Ciprian ! On t'apportait des provisions pour te refaire une santé.

– Excuse-nous d'être entrées en ton absence, enchaîne Alix d'une voix enjouée. Quand on a vu que tu ne répondais pas, on a eu peur que tu te sois évanoui. Alors on a ouvert.

– Vous êtes trop gentilles, dit Ciprian visiblement ému. C'est une attention qui me touche.

Sa voix est si naturelle, si cordiale, si confiante, que les filles sont plus que jamais convaincues qu'elles se sont trompées sur son compte.

La raideur du gardian, tandis qu'il s'approche monté sur Tempesta, prouve qu'il souffre encore de sa chute. Aussi, quand Hector déboule comme une flèche sous les sabots du cheval, Juliette crie à son chien :

– Attention, ne…

Trop tard. Le cheval de Ciprian, surpris, se cabre avec un hennissement. Le gardian fait une grimace de douleur mais, excellent cavalier, il réagit en un centième de seconde : ses jambes se tendent, il s'arc-boute, maîtrise sa monture. Alix, Juliette et Gwen ne pensent qu'à la chute qu'il vient d'éviter ; elles ne voient même pas que Clémence a les yeux fixés sur l'étrier droit du gardian.

– Quel réflexe ! s'écrie Alix admirative.

– Un gardian sans réflexes, il faudrait qu'il change de métier, dit Ciprian en souriant. Sinon il risquerait la casse tous les jours.

– Tu as encore mal, constate Juliette en le regardant descendre péniblement de cheval.

– Ça va déjà bien mieux. Demain ce sera fini. Allez, mesdemoiselles, je vous invite à goûter. Vous ne repartirez pas sans avoir partagé avec moi les provisions que vous m'avez gentiment apportées.

Gwen, Alix et Juliette lui emboîtent le pas, très contentes. Elles comptaient bien sur cette invitation pour continuer leur enquête. Mais au moment de franchir le seuil de la cabane, Juliette se rend compte que Clémence est restée derrière.

– Tu viens, Clémence ?

– J'arrive tout de suite ! Je vais voir ce qui est arrivé à Hector, on ne le voit plus et j'ai l'impression de l'entendre japper.

– Tu crois ? demande Juliette inquiète.

Clémence fait un signe discret à son amie, comme pour lui signifier de ne pas s'en faire et de ne pas poser de questions. Puis elle répète tout haut :

– J'arrive.

Juliette rentre dans la cabane et ferme la porte derrière elle. Elle donnerait cher pour suivre les faits et gestes de Clémence, mais il vaut mieux laisser son amie exécuter son plan en toute discrétion.

À peine Clémence est-elle seule qu'elle se précipite à l'endroit où le cheval s'est cabré. Elle se penche sur la boue et repère aussitôt ce qu'elle cherchait. Un petit clou tout neuf, à en juger par son aspect brillant, bien en évidence sur une motte de terre humide... Quand Ciprian s'est arc-bouté pour éviter la chute, ses pieds ont durement raclé les étriers et le clou, mal enfoncé sur la semelle, a été arraché par la friction. C'est exactement ce que Clémence espérait sans oser trop y croire !

Pendant ce temps, dans la cabane, Ciprian a posé sur la table le panier du goûter, et il déroule le torchon qui enveloppait le pain pour le protéger de l'humidité.

– Hmm, elle sent bon, cette miche ! Pour moi qui vais rarement en ville, c'est un luxe de manger du pain frais. Et cette tablette de chocolat, du noir 70 %, mon préféré ! Clémence ferait bien de se dépêcher de rentrer si elle veut...

Tout en parlant, Ciprian jette un bref regard par la fenêtre. Si bref que seule Juliette le remarque. Est-ce une illusion, ou une flamme mauvaise s'allume-t-elle dans les yeux du gardian ?

– … qu'on lui en laisse. Alix, si tu ouvres le placard qui est juste derrière toi, tu y trouveras un couteau à côté du réchaud. Oui, c'est ça. Allez, je partage le pain… Qui n'en veut pas ?

Dans sa voix, pour la première fois, Juliette croit distinguer quelque chose de fébrile, comme s'il bavardait pour cacher ses sentiments. Elle glisse à son tour un œil par la fenêtre. Mais elle ne voit rien d'autre qu'Hector qui s'est couché sur le sol humide, l'air boudeur, en proie à on ne sait quelle contrariété.

À l'instant même, Clémence ouvre la porte et entre dans la cabane. Elle essaie visiblement d'avoir l'air insouciant, mais elle n'arrive pas à mentir sur ses émotions ; même un parfait inconnu devinerait qu'elle est préoccupée.

– Qu'est-ce qui se passe ? s'exclame Alix. Tu es dans tous tes états, on dirait !

Clémence cherche vite un prétexte pour justifier son agitation :

– Oui, c'est vrai, je m'inquiète beaucoup. La pluie a

repris. Je me fais du souci pour la manade de Batisto avec ces risques d'inondation.

Elle regarde furtivement Ciprian et s'aperçoit qu'il la dévisage sans aucune amabilité.

Chapitre 11

D'instinct, Juliette se rapproche de Clémence pour la protéger. Elle a surpris l'échange de regards, la tension entre son amie et le gardian. Ciprian est en train de couper le pain du goûter, et, dans l'état de nervosité où elle se trouve, Juliette n'aime pas le voir armé d'un couteau. Mais elle se reproche aussitôt cette pensée absurde : d'ailleurs, Ciprian repose déjà l'ustensile et tend à ses invitées de belles tranches de pain. Il a repris l'air jovial, le ton léger qui le caractérisent.

– Merci Ciprian, s'exclame Clémence. J'avais une faim de loup !

Ce n'est pas vrai. Clémence n'a pas d'appétit. Elle se doute que Ciprian l'a vue au moment où elle s'était accroupie pour observer le clou sur la boue. Lorsqu'elle s'est relevée, elle a jeté un regard vers la cabane, et il lui a semblé apercevoir la silhouette du gardian derrière la fenêtre, tournée vers elle, comme s'il l'observait. Elle a fourré le clou dans sa poche avec un sentiment de panique mêlé à un grand dépit. Il aurait mieux valu que Ciprian ignore son manège !

Depuis qu'elle a rejoint les autres, vu le regard hostile que lui a jeté Ciprian, elle sait qu'il l'a bel et bien vue ramasser le clou. Du coup, tout va se compliquer.

Pendant que Clémence est perdue dans ses pensées, la conversation continue, insouciante, du moins en apparence. Dans le placard d'où elle avait sorti le couteau, Alix a repéré un sachet de riz d'une étrange couleur brun-roux. Elle a demandé à Ciprian ce que c'était ; et quand Clémence, au prix d'un violent effort, s'intéresse de nouveau à la conversation, elle se demande pourquoi il est soudain question de riz rouge.

– C'est l'un des produits phares de la Camargue, explique le gardian. Moi, je vous dis, ce n'est pas la peine d'aller chercher le riz en Chine, en Thaïlande ou en Amérique ! On a ici le meilleur terroir, et vous n'en goûterez jamais d'aussi bon.

– On va demander à Anaïs si elle peut nous en faire, dit Gwen. Elle cuisine tellement bien…

– Bonne idée. Demandez-lui d'en faire au fenouil confit, par exemple. Vous verrez, après ça, vous n'aurez plus jamais envie de manger du riz blanc.

Malgré le ton chaleureux sur lequel s'exprime Ciprian, Clémence a l'impression que son regard pèse encore sur elle.

– Vous avez vraiment des produits régionaux fabuleux, dit-elle avec un enthousiasme exagéré, juste pour donner le change.

Juliette se dit qu'il est temps de voler au secours de son amie. Clémence a la tête ailleurs et n'arrive plus à feindre une attitude naturelle. Et puis, Juliette brûle de curiosité, il lui tarde d'apprendre ce que son amie a découvert dehors !

– Dites, les filles, s'exclame-t-elle en regardant sa montre. Il faudrait qu'on rentre avant que la nuit tombe ; Batisto et Anaïs vont s'inquiéter.

– On a le temps ! proteste Gwen. À mon avis, ils sont encore loin de revenir à la manade.

– Et il fait encore grand jour, complète Alix.

Contrairement à Juliette, aucune des deux n'a aperçu l'étrange échange de regards entre Clémence et Ciprian ; elles sont désolées à l'idée de quitter la cabane sans avoir fait avancer leur enquête…

Juliette insiste, pourtant. Clémence reste muette, ne voulant pas trahir sa hâte de quitter la cabane, mais elle est bien contente quand Alix et Gwen finissent par remettre leurs manteaux.

– Au revoir Ciprian.

– On reviendra demain voir si la potion magique de ta grand-mère t'a complètement guéri !

– Méfiez-vous, répond le gardian en riant, vous vous heurterez sûrement à porte close, j'irai bien mieux et je serai parti m'occuper de mes taureaux !

« En fermant à clé, cette fois, pense Juliette, pour éviter notre visite… »

Deux minutes plus tard, les filles s'éloignent de la cabane en pataugeant dans une gadoue collante. Il pleut dru. À quelques mètres sur leur gauche, l'étang de Vaccarès frémit sous les millions de gouttes qui percutent sa surface grise.

Dès qu'elle estime être assez loin de la cabane, Juliette se tourne vers Clémence :

– Dis-nous tout, maintenant… Qu'est-ce que tu as trouvé dehors ?

Bouche bée, Alix et Gwen écoutent alors Clémence révéler sa découverte du clou.

– Manque de chance, ajoute-t-elle, je crois bien que Ciprian m'a vue. Il était à la fenêtre… Je n'en suis pas sûre parce que la vitre était très sombre, mais…

– Je confirme, malheureusement, intervient Juliette. Notre « ami » a regardé dehors au plus mauvais moment.

– Il n'a pas pu voir ce que Clémence ramassait, dit Alix. Vu la taille microscopique de ce clou… Tu l'as mis en lieu sûr, d'ailleurs ?

– Au fond de ma poche, je n'avais pas mieux, mais ça devrait aller.

– Bravo, s'exclame Gwen. Là, tu m'épates. Je n'aurais jamais pensé à regarder par terre.

– C'est à cause d'un détail que Batisto m'a expliqué hier soir alors que je l'aidais à transporter du matériel à l'écurie. Il m'a montré ses étriers, des étriers camarguais, les mêmes que ceux de Ciprian. Les bottes du gardian doivent pouvoir s'y insérer, mais aussi en sortir facilement en cas de chute, parce que ce serait dangereux d'être retenu au cheval. Et là, les semelles raclent les barres métalliques. Quand Ciprian a manœuvré pour éviter de tomber, c'est ça qui m'est venu en tête. Je me suis dit : « Là, un clou qui dépasse a des chances d'être arraché. »

– Bravo, répète Gwen.

– Quel dissimulateur, ce Ciprian, ajoute Alix. À le voir comme ça, on lui décernerait le premier prix d'honnêteté. Vous vous rappelez sa réaction quand on lui a parlé du vol des chevaux ? Il a eu l'air encore plus indigné que nous.

– C'est vrai, dit Juliette. Ce n'est pas la honte qui l'étouffe, ce gaillard.

– Bon, cela dit, reprend Alix, un clou n'est pas encore une preuve absolue.

Gwen se retourne vers la cabane, soulève la capuche qui lui couvre à moitié les yeux… et fait aussitôt volte-face pour continuer sa marche.

– Ne faites pas comme moi, les filles, surtout ne vous retournez pas, dit-elle à mi-voix.

– Pourquoi ???

– Je jetais un dernier coup d'œil à la cabane, comme ça… Elle est loin, mais Ciprian est sur le toit, j'en suis presque sûre. J'ai vu sa tête dépasser. Il a dû monter là pour nous regarder.

– Pourquoi est-ce qu'il nous regarderait ? s'exclame Clémence.

– Pour vérifier qu'on marche dans la bonne direction, glisse Alix. Qu'on repart bien vers la manade, sans essayer d'aller ailleurs.

– Où ça par exemple ? demande Juliette.

– Il a dû parquer les chevaux dans un enclos bien caché, poursuit Alix songeuse. Et il veut vérifier qu'avec les doutes qu'on a on ne va pas se mettre en tête de fouiller les environs à la recherche de cet enclos…

Clémence s'arrête brusquement :

– Tu as raison ! Et ce serait une bonne idée d'essayer !

– Pas maintenant, sourit Alix. Puisqu'on est observées, il vaut mieux repartir sagement. Mais demain…

– Demain il sera peut-être trop tard, s'exclame Clémence. Imagine qu'il y ait une vraie inondation, avec toute cette pluie… Je ne pense pas que Ciprian prenne les mêmes précautions que Batisto pour évacuer ses bêtes ! S'il a vraiment volé les chevaux, ça veut dire qu'il est sans scrupules, et s'il est sans scrupules, ça ne le dérangera pas trop que les chevaux meurent noyés.

– Tu noircis le tableau ! proteste Juliette. Même si on raisonne froidement, on peut penser qu'il ne s'est pas donné le mal de les voler pour les perdre aussitôt. S'il y a un vrai danger, il les évacuera.

– Il a tous ses taureaux à gérer, déjà, et les quatre chevaux sont récalcitrants… La preuve, il s'est battu contre l'un d'eux ! En cas d'urgence, il ne pourra pas les embarquer.

Gwen intervient :

– Ce serait peut-être le moment d'en parler à Batisto ? Ou de faire une déposition à la gendarmerie ?

– Non, tranche Clémence. Ils sont tous occupés à s'organiser en cas de crue du Rhône. Au mieux, ils nous diront qu'ils n'ont pas le temps ; au pire, Batisto sera fâché qu'on ait mené une enquête malgré sa défense. La seule solution est de retrouver les chevaux par nous-mêmes. Alors Batisto sera devant le fait accompli et il ne pourra plus nous en vouloir.

– Sauf s'il nous arrive malheur, déclare Juliette d'une voix lugubre. Il ne nous pardonnera jamais de nous être mises dans une situation dangereuse.

– Les risques sont minimes, intervient Alix.

Juliette se tourne vers elle :

– Minimes ? Avec ce Ciprian-double-face ? Attends un peu qu'il nous montre son côté obscur, je pense que ton optimisme fondra comme un pois chiche.

– Ça fond, les pois chiches ? glousse Alix.

– Bon, OK, je vois que tu es décidée à ne pas te laisser démoraliser. Puisque c'est comme ça, je décide d'être aussi folle que vous, les filles. On va les retrouver ces chevaux. Eux non plus, ils n'ont pas pu fondre. Ils sont cachés quelque part et on va les sauver.

– Et concrètement, on s'y prend comment ? demande Gwen.

Aucune réponse ne vient aux lèvres de ses amies, qui poursuivent leur chemin en silence. Le bruit de leurs pas dans la terre gluante rythme la marche, ainsi que le ruissellement de la pluie qui semble vouloir noyer la Camargue. Hector trottine en tête, couvert de vase jusqu'aux oreilles. Perçoit-il que les quatre amies sont un peu abattues ? À un moment donné, il s'arrête, les regarde par en dessous, et pousse un jappement déterminé, comme pour dire :

– Ne vous inquiétez pas, on va trouver un plan.

Et il reprend sa marche d'un air vainqueur, tel un général avançant sur le champ de bataille où il compte se couronner de gloire.

Chapitre 12

À la manade, les filles ont juste eu le temps de changer de vêtements quand Batisto, qui venait aussi de rentrer, reçoit un appel de la gendarmerie. Une deuxième digue a été submergée en amont sur le Rhône. Même si une évacuation n'est pas encore à prévoir, les manadiers sont invités à ouvrir les portails de tous leurs enclos pour que les bêtes ne soient pas piégées à l'intérieur si l'eau monte brusquement.

Aussitôt qu'il a raccroché, le parrain de Clémence court seller son cheval pour faire le tour du domaine. Anaïs enfile aussi des bottes et sort dans la tourmente pour prêter main-forte à son mari. De nouveau les filles sont seules dans ce salon bien chaud qui les abrite de la furie extérieure. Mais leur esprit est au-dehors. Elles pensent avec angoisse à Escumo, Tramontane, Estello, Soulèou. Dans deux heures il fera nuit. Si l'inondation redoutée a lieu, que leur arrivera-t-il ?

Soudain, n'y tenant plus, Juliette s'adresse à ses amies :

– On pourrait profiter de ce qui reste de lumière pour tenter de trouver cet enclos…

Elle a parlé d'une voix presque timide, craignant d'être traitée de folle. Mais elle a à peine terminé sa phrase que déjà Clémence, Alix et Gwen sont debout, comme si elles n'avaient attendu que cette suggestion. Hector, qui se séchait devant la cheminée, se lève en agitant la queue. Lui aussi est prêt à quitter la bonne chaleur du feu.

– Il va falloir être efficaces pour profiter du peu de temps qu'on a avant la nuit, déclare Clémence. Je propose qu'on aille d'abord à la cabane de Ciprian.

– Bien sûr ! s'exclame Alix avec un sourire amusé. Pour qu'il soit bien au courant de nos recherches ! Tiens, on pourra même lui demander directement où se trouve l'enclos des chevaux.

– Écoute-moi jusqu'au bout, tête de mule. Ciprian se méfie. Avec un peu de chance, depuis qu'on est parties, il sera allé faire un tour à l'endroit où les chevaux sont cachés. Juste pour voir s'ils sont encore là, si on n'y est pas, si le lieu est assez bien camouflé… Je ne sais pas, moi.

– Et alors ?

– Alors, il y aura les traces fraîches de son cheval dans la boue, qui nous mèneront à cet endroit.

Un court silence.

– Je dois avouer que c'est futé, ma chère cousine, reprend enfin Alix. Je suis presque jalouse de ne pas avoir eu l'idée avant toi.

Les deux filles se sourient.

– Attendez quand même de voir si j'ai raison ! dit Clémence en réenfilant comme les autres son manteau trempé. Si ça se trouve il n'y aura pas de traces… Ou alors, des traces qui ne mèneront nulle part.

– Vous avez toutes une frontale ? demande Alix.

– Bien sûr, répond Gwen. Maintenant, je ne me pose même plus la question quand je pars en vacances avec vous : j'embarque ma lampe.

– Moi aussi, sourit Juliette.

Une heure plus tard, tandis que le jour grisâtre décline, les filles parviennent en vue de la cabane. Aucune lumière n'y brille. Clémence, Juliette et Alix se cachent derrière un bouquet de roseaux. Gwen s'est portée volontaire pour s'approcher de chez Ciprian ; sa petite taille et son manteau beige la camouflent mieux que les autres dans le paysage en demi-teinte. Ses amies la regardent avancer, le cœur battant. Et si Ciprian était quand même chez lui, toutes lampes éteintes pour mieux observer les mouvements au-dehors ? Gwen marche prudemment, courbée. Au cas où elle serait surprise, elle a prévu de dire qu'elle cherche la clé de la manade tombée de sa poche cet après-midi. Ce n'est pas un prétexte très crédible. Elle le sait. Elle en tremble.

À travers les roseaux, ses amies la voient atteindre la cabane, se plaquer contre le mur, regarder par la fenêtre.

Quand elle leur indique par de grands gestes que Ciprian est bel et bien absent, le soulagement est à la mesure de l'inquiétude qui a précédé.

– Yes !!!!! s'exclame Clémence à mi-voix.

Les voici toutes les quatre devant la cabane. Hector gronde et montre des dents à on ne sait quel esprit invisible, peut-être tout simplement à l'odeur de Ciprian qui flotte dans l'air saturé d'humidité.

– Tais-toi s'il te plaît, lui ordonne Juliette. Tu nous stresses.

Les empreintes du cheval de Ciprian sont nombreuses autour de la cabane, et les filles ont d'abord du mal à déceler une piste qui s'éloignerait clairement.

– Regardez ! crie enfin Juliette qui explore les traces du côté opposé à la porte de la cabane. Là ! Les traces sont fraîches.

En effet, les creux formés par les sabots dans la boue sont déjà remplis par l'eau de pluie, mais leurs contours en forme de « C » sont encore nettement imprimés. L'averse ininterrompue n'a pas eu le temps d'en atténuer le relief.

– Il est parti par là, confirme Alix. On y va ?

– Oui, et vite. Il va bientôt faire nuit maintenant. À la frontale, on ne suivrait pas ces traces aussi bien.

Les filles cheminent longtemps à travers un décor livré à la violence du vent. Le crépuscule et le brouillard s'allient pour rendre la visibilité exécrable. Heureusement les traces restent nettes... Hector avance en tête, décidé à tenir un rôle d'éclaireur.

C'est son attitude qui, vingt minutes plus tard, fait se figer les quatre filles. Il s'est arrêté net, le museau en l'air, les pattes crispées. Il grogne et regarde Juliette en coin comme pour lui dire : « Cette fois c'est du sérieux, attention. »

À la seconde même, les filles distinguent un martèlement sourd droit devant. Elles n'ont pas le temps de fuir, ni même de s'écarter, une muraille noire et mobile émerge du brouillard à une cinquantaine de mètres devant elles.

– Des taureaux ! dit Alix dans un hoquet.

Clémence a les jambes coupées par la panique. Elle entend Juliette crier :

– Par là, vite !

Par où ? Ses facultés de réflexion sont déconnectées de ses nerfs. Elle n'a plus aucune réaction. Il lui semble qu'une éternité s'écoule tandis que les bêtes continuent à foncer. Elle se sent violemment tirée par le bras. Juliette l'entraîne, juste derrière Alix et Gwen qui courent de toutes leurs forces vers la gauche. Le piétinement assourdissant se rapproche, mais Clémence ne l'entend plus, car il est dominé par les battements de son cœur et le bourdonnement dans ses tempes.

– Réagis, Clémence ! hurle Juliette.

Clémence secoue l'enveloppe de panique qui la tétanise. Un observatoire de chasse se dresse devant elle. Alix et Gwen grimpent déjà les quelques barreaux qui mènent à la plateforme, tandis que Juliette regarde Clémence d'un air suppliant. Alors celle-ci retrouve ses esprits ; en deux temps et trois mouvements, elle est en haut, entourée par ses amies. Juliette porte Hector dans ses bras ; l'épagneul déchaîné aboie de toutes ses forces pour narguer les taureaux qui encerclent le refuge. L'attitude du chien attise leur rage. Des coups de corne ébranlent les poteaux qui forment la base de l'observatoire.

Une voix encore lointaine déchire la brume :

– Eh là ! Eh là !

C'est Ciprian. Il approche, monté sur Tempesta.

Lorsqu'il arrive devant l'observatoire, le gardian paraît stupéfait.

– Qu'est-ce que vous faites ici ? s'écrie-t-il. Vous savez que c'est dangereux de vous promener seules par ce temps, avec les risques d'inondation qu'il y a ? Vous êtes folles, la nuit va tomber, en plus !

Il a la voix d'un grand frère grondant ses sœurs surprises à faire une grosse bêtise. Mais les filles debout sur le perchoir ont les yeux à la hauteur des siens, et il leur semble que Ciprian fuit leurs regards.

– Vous auriez pu être écrasées par mes taureaux, leur dit-il d'un ton plein de reproches. Comment je pouvais deviner que vous seriez sur notre route ? S'il y a un jour où je pensais que le chemin serait désert, c'était bien aujourd'hui ! J'en frémis, rien que d'y penser.

« Et moi donc », songe Clémence.

Elle n'arrive pas à se défaire de l'horrible soupçon selon lequel Ciprian aurait ordonné à ses bêtes de charger leur petit groupe. Elle donnerait cher pour savoir si ses compagnes pensent la même chose.

– Je vais vous raccompagner chez vos hôtes à la manade, poursuit Ciprian.

La fermeté de sa voix montre qu'il ne s'agit pas d'une proposition mais d'un ordre. Les filles n'osent pas dire non. Quel prétexte invoquer pour s'attarder seules dans cet univers hostile ?

– J'ai peur de tes taureaux, tente malgré tout Clémence. Je préférerais que tu les éloignes et qu'on reparte de notre côté. Ne te fais pas de souci, on retrouvera notre chemin.

– Mes taureaux ne vous feront pas de mal, je suis là pour y veiller, réplique Ciprian d'un ton sans appel. Ce serait plus dangereux pour vous de rester ici.

Ciprian brandit son trident sous les mufles des bêtes pour les forcer à s'écarter. Ils élargissent leur cercle, dociles, mais continuent à labourer nerveusement la terre.

– Allons, descendez d'ici, reprend Ciprian. Vous allez marcher à côté de mon cheval, sans vous retourner, sans prêter attention à mes bêtes, et elles ne vous feront rien.

Les filles obéissent. Une fois au sol, elles osent à peine couler un regard vers les taureaux, dont les têtes énormes les dominent. C'était plus rassurant d'être là-haut et de les surplomber. Elles se sentent très vulnérables. Hector s'est blotti dans les bras de Juliette, les oreilles rabattues sur les yeux.

Le trajet du retour commence. Les filles déprimées songent que chaque pas les éloigne un peu plus du lieu où se trouvent peut-être les chevaux de Batisto. Mais le piétinement des taureaux derrière elles les fait se hâter. Elles ont l'impression que le souffle des bêtes les pousse vers l'avant. Du haut de sa monture, Ciprian les observe et son regard pèse sur elles comme une chape de plomb.

Au bout de trente mètres – la progression est ralentie par l'obscurité et la pluie – les filles s'arrêtent toutes les quatre en même temps. Des hennissements frénétiques retentissent sur leur droite, à une distance difficile à évaluer : cinquante, cent mètres ? Les oreilles d'Hector se sont redressées, ses yeux scrutent la quasi-obscurité, il se met à aboyer comme un fou.

Les regards des filles convergent sur Ciprian.

– Avancez, leur ordonne-t-il. Vous ne voyez pas que la nuit tombe ? Il faut nous dépêcher.

L'accent provençal du gardian est toujours aussi musical, mais à présent son regard est dur et froid. Il ne cherche plus à simuler l'amitié protectrice.

Les hennissements se déchaînent de plus belle. Juliette tire son portable de sa poche.

– Je te défends de composer le moindre numéro, jette Ciprian glacial.

– Ouh, j'ai peur, répond Juliette moqueuse.

C'est la vérité, son cœur bat la chamade. Mais elle veut tenir tête, et à ses côtés, Clémence et Gwen ont adopté la même attitude de défi. Le regard de Ciprian se focalise sur Juliette ; il se demande si elle va braver l'interdiction. Il ne voit pas qu'Alix, serrée contre Clémence, a passé le bras droit derrière le dos de sa cousine. Il finit tout de même par s'apercevoir qu'elle est la seule à ne pas le regarder.

– Alix ! lance-t-il. Qu'est-ce que tu fabriques ?

– Excuse-moi, répond Alix d'un air faussement penaud. J'écrivais juste un texto à mes parents… J'ai terminé, je suis à vous… Vous parliez de quoi ? Je n'ai pas suivi…

Le sourire comique qu'elle esquisse fait éclater les trois autres de rire. C'est un fou rire nerveux, mais il fait beaucoup de bien. Malgré l'obscurité qui règne, les filles jureraient que Ciprian est cramoisi de colère.

– Tu es fâché, Ciprian, pardon… reprend Alix. C'est vrai que c'est grossier d'écrire des SMS pendant que les gens parlent. Mais tu remarqueras que je n'ai pas été longue. J'ai juste tapé « SOS », c'est tout.

– Et avec l'option géolocalisation, ils sauront tout de suite d'où tu les as contactés, c'est ça ? demande innocemment Clémence.

– Au mètre près. Par GPS.

Juliette se tourne vers Alix en affichant une consternation théâtrale :

– Ce qui est bête, c'est que tu n'as pas pu leur expliquer qu'on est avec un charmant voleur de chevaux du nom de Ciprian.

– Non, répond Alix. Remarque, comme j'ai laissé une longue lettre dans notre chambre à la manade pour expliquer tous les soupçons qu'on avait, si jamais il nous arrivait malheur, tout le monde saurait à qui demander de nos nouvelles.

Une nouvelle explosion de gaieté agite les filles des pieds à la tête. À force de rire follement, elles n'ont même plus peur. L'astuce d'Alix stupéfient les trois autres : elles savent bien qu'aucune lettre n'a été rédigée, mais grâce à cette ruse, la peur a changé de camp. Ciprian est pétrifié sur son cheval ; visiblement, il se demande quoi faire.

– Eh !!!!! s'écrie Gwen, subitement grave.

– Quoi ?

– Par terre ! L'eau ! Regardez, on a les pieds dans l'eau ! balbutie-t-elle.

Elle dit vrai. Dans la tension générale, personne ne s'en était encore aperçu. Mais voilà pourquoi les chevaux invisibles hennissent si fort dans la nuit, et voilà pourquoi les taureaux de Ciprian meuglent soudain si fort. Tempesta lui aussi renâcle sous les rênes qui l'immobilisent.

Le sol n'est plus fait de terre ferme. L'eau se répand partout, elle frémit doucement autour des chevilles des quatre filles.

– L'inondation, souffle Clémence.

Chapitre 13

Au même moment, une franche panique s'empare des taureaux de Ciprian. Affolés par cette eau qu'ils sentent monter au-dessus de leurs sabots, ils se bousculent dans une pagaille indescriptible. Soudain, deux ou trois d'entre eux partent au galop, aussitôt imités par tous les autres. Le gardian le sait bien : s'il ne suit pas ses bêtes, il les perdra dans la nuit, peut-être à tout jamais. Or les taureaux représentent toute sa richesse, plus encore que quatre chevaux qui résistent toujours à ses tentatives de dressage. Il ne réfléchit qu'une demi-seconde.

– Bonne chance ! lance-t-il avec une pointe d'ironie. Grâce à votre SOS, vos parents sauront où vous envoyer l'hélicoptère ! Par contre, pas sûr que les secours puissent hélitreuiller quatre chevaux…

Sur ces mots, il disparaît au galop dans la nuit. Les filles croient entendre résonner un dernier rire mauvais, mais peut-être confondent-elles avec les hennissements épouvantés des chevaux.

– Vite ! s'écrie Alix. Ils sont sûrement tout près de nous !

Personne ne lui répond dans l'obscurité. Elle se rend compte que ses trois compagnes ont déjà foncé en avant !

– Eh, attendez-moi ! C'est moi qui suis censée courir le plus vite, ici !

De fait, elle rattrape les trois autres sans peine quelques pas plus loin.

– Il faut qu'on se dépêche, lance Gwen haletante. Sinon, au lieu de courir, on va bientôt devoir nager…

– Dans mes bras, Hector ! crie Juliette en constatant que son chiot a de l'eau jusqu'au milieu du ventre.

L'épagneul est furieux d'être attrapé par sa maîtresse.

– Je sais que tu barbotes comme un champion, lui

rétorque Juliette, mais on n'est pas ici pour prendre un bain tranquillou...

Elle s'interrompt. Devant elle, Alix a rencontré un obstacle dans sa course. Un bruit mat, un « aïe » étouffé, un hurlement de victoire :

– L'enclos, les filles !

C'est en effet sur une haute barrière de bois qu'elle s'est cognée. Les hennissements proviennent de derrière, accompagnés de chocs sourds : il est facile de deviner les chevaux prisonniers se jetant de toutes leurs forces contre la barricade.

Celle-ci est formée de planches de bois disposées comme des barreaux d'échelle. Le sentiment d'urgence aidant, les quatre filles n'ont aucun mal à les escalader. Parvenue au sommet, à deux mètres du sol, Alix s'apprête à sauter dans l'enclos quand Clémence l'agrippe par la manche :

– Attends ! Ils galopent en rond comme des fous. Ils vont t'écraser si tu te laisses tomber comme ça ! Il faut d'abord les calmer.

– Tu n'as pas tort, admet Alix impressionnée par le vacarme de la cavalcade. Tramontane ! appelle-t-elle.

– Escumo !

– Estello !

– Soulèou ! enchaînent les autres.

Les chevaux mettent du temps à entendre ces appels. Enfin ils freinent tour à tour. Profitant de ce répit, Alix leur parle sans crier :

– On va vous sauver ! Tenez-vous tranquilles. Et d'abord laissez-nous descendre !

Elle saute et atterrit juste devant Soulèou qui, nerveux, fait un bond de côté. Enhardies par l'exemple d'Alix, Gwen et Clémence sautent à leur tour.

– Alix ! appelle Juliette. Attrape Hector !

Une boule de poils fend les airs ; le chien atterrit sans heurt dans les bras tendus d'Alix. Juliette rejoint aussitôt ses amies. Les chevaux se sont immobilisés. Pour la première fois depuis leur départ de la manade, des voix amicales leur redonnent envie d'obéir à l'espèce humaine. Non que la voix de Ciprian ait été désagréable : c'est justement parce qu'elle avait un timbre chaleureux qu'ils ont accepté de suivre le gardian hors de chez Batisto. Tramontane a même accepté d'être monté par Ciprian, sur cette selle gardiane qu'il porte encore à présent… Une fois enfermés dans cet enclos, seulement, les chevaux ont senti le danger.

– On a de l'eau jusqu'au bas des mollets, fait remarquer Clémence tendue. Je comprends pourquoi ils s'inquiètent… Si j'étais à leur place dans cet enclos, j'aurais peur aussi…

La boutade, cette fois, ne fait rire personne. Les filles se rendent compte qu'elles sont dans de beaux draps. La nuit, l'inondation, les barrières fermées, l'itinéraire de retour inconnu… Fallait-il vraiment risquer tout cela pour sauver les chevaux ?

Sans même s'être concertées, Clémence et Alix sortent leurs frontales et commencent à longer la palissade en cherchant le portail de sortie. Pendant ce temps, Juliette et Gwen restent auprès des chevaux et leur parlent doucement pour qu'ils restent calmes.

– Vous nous avez manqué… Tout va bien se passer… Vous êtes sauvés maintenant… murmure Juliette en les caressant l'un après l'autre.

– Là ! C'est là ! crie Clémence dans la nuit. Venez m'aider, il y a plein de cordes qui ferment la barrière !

Les autres se précipitent. Quatre paires de mains engourdies par le froid s'acharnent à dénouer les nœuds multiples. Par-derrière, les chevaux piaffent ; ils savent que la sortie est là, et gênent le travail des filles en se pressant contre elles.

– Patience, dit Juliette en les écartant avec fermeté.

Ils obéissent et se tiennent à présent en retrait. Leurs sabots battant avec méfiance cette eau qui continue à monter insidieusement.

– Tu es en train de défaire le dernier nœud, je crois, dit Gwen à Alix.

– Ouaip. Mais n'ouvrez pas la barrière quand j'aurai terminé.

– Pourquoi ?

– Clémence, appelle Batisto avant, tu veux ? Il faut lui dire où on est et ce qui se passe. Les chevaux sont tellement nerveux qu'ils vont s'esquiver dès que la voie sera libre. Ils risquent d'aller se noyer quelque part.

– Tu as raison, dit Clémence en attrapant son téléphone. Mais il faudrait pouvoir lui dire où on est. Tu ne veux pas plutôt te servir du tien qui l'aidera à nous localiser ?

– Trop long. Dis-lui qu'on est au bord de l'étang, répond Alix. Je l'ai remarqué en faisant le tour de la palissade. Il est à trois mètres de nous, là-bas.

– Ça ne nous aide pas beaucoup. Il est immense, cet étang !

– Tu peux lui mentionner l'enclos. Il l'a peut-être déjà aperçu en se baladant par ici… du temps où ses quatre chevaux n'étaient pas encore dedans. Il connaît l'étang comme sa poche, ton parrain.

– Pourvu qu'il réponde… dit Clémence pleine d'angoisse.

Elle a déjà composé le numéro, mais l'appel sonne dans le vide. Pendant l'attente, qui semble interminable, les chevaux recommencent à s'impatienter. Escumo se cabre avec un hennissement terrible. Bientôt les quatre bêtes effrayées seront impossibles à contrôler !

– Batisto ! C'est moi ! s'écrie Clémence lorsque enfin son parrain décroche.

Tandis que ses amies retiennent leur souffle, elle épuise le sien à expliquer la situation aussi vite et aussi précisément que possible, laissant à peine le temps à son parrain de suivre le rythme de ses phrases.

Batisto ne commente pas l'aventure ; remettant à plus tard la leçon de morale qu'il aurait à donner, il va droit à l'essentiel. Oui, il voit où se trouve cet enclos situé sur une langue de terre en bordure de l'étang : il l'avait toujours vu occupé par des taureaux dont il ne connaissait pas le propriétaire. Oui, les chevaux risquent de vouloir s'enfuir par la terre ferme, que la crue du fleuve rend à présent dangereuse.

– Il faut les persuader de plonger dans l'étang, conclut-il.

– Mais… ils sauront nager ?

– Sans problème, du moins s'ils ne sont pas trop épuisés. Et nous, nous partons à votre secours. Courage !

Clémence suit du regard le bond furieux que tente Tramontane pour fracasser la palissade, que les filles n'ont toujours pas ouverte.

– Merci, Batisto, dit-elle à son parrain. On y va.

– Si vous n'arrivez pas à convaincre les chevaux, laissez-les partir, et ne pensez plus qu'à vous-mêmes ! Surtout ne les suivez pas sur la terre ferme. Perchez-vous au sommet de la palissade si elle vous paraît solide. Attendez-nous. On arrive.

Clémence raccroche. Grâce au haut-parleur, les autres ont tout suivi : inutile de tenir un conseil, il faut agir.

– On ouvre, déclare Alix.

Et, joignant le geste à la parole, elle tire le portail de toutes ses forces. Les chevaux s'immobilisent et guettent l'instant où l'ouverture sera assez large pour qu'ils puissent la franchir d'un bond. Mais déjà Juliette, Gwen et Clémence ont saisi leurs trois chevaux par l'encolure.

Seront-elles capables de maintenir sur place des bêtes que la peur affole ? D'un grand coup de pied, Alix achève de faire pivoter le portail, qui s'ouvre en déplaçant des gerbes d'eau. Tramontane, qu'elle n'a pas pu attraper à temps, se rue en avant.

– Nooooooon ! Tramontane, reviens ! hurle-t-elle.

Les trois autres chevaux échappent facilement à l'étreinte des filles et s'élancent à la suite de Tramontane. Dans les bras de Juliette, Hector pousse des aboiements indignés devant cet acte d'insubordination. Les filles, elles, restent les bras ballants, désolées, impuissantes.

– Revenez ! hurle pourtant Juliette.

Est-ce grâce à son autorité naturelle sur les animaux ? Ou parce que dans leur vie, juste avant leur enlèvement, les quatre camargues étaient habitués à obéir aux ordres raisonnables ? Est-ce parce qu'ils flairent le danger de poursuivre au galop sur ces terres méconnaissables, transformées en lac ? Parce que les filles, éclairées par leurs frontales, leur paraissent plus rassurantes que l'obscurité totale ? Le bruit de leur cavalcade s'arrête, remplacé par les *splash*,

splash plus doux des sabots qui reviennent. Ils ont fait demi-tour. Les voilà qui entourent les filles transies de froid.

– Bien, Tramontane, bien, chuchote Alix en flattant l'encolure de son cheval, à la crinière plus emmêlée que jamais.

– Venez, ordonne Juliette. Venez, mes amis. Confiance. On va juste prendre un bain et puis tout ira bien.

– Euh… Nous aussi ? demande Gwen.

– Je ne vois pas trop d'autre solution, répond Juliette. À moins de rester au sec en haut de la palissade pendant que les chevaux partent à la nage. Mais… s'ils prennent une mauvaise direction…

– « Au sec », de toute façon, c'est une façon de parler, intervient Clémence. Vous vous sentez sèches, vous ? Trempées pour trempées, on ne perd pas grand-chose à se mettre à l'eau…

Quelques secondes plus tard, les filles ont entraîné les chevaux au bord de l'étang. Rétifs à l'idée de plonger, ils mettent un peu de temps à se laisser convaincre, mais enfin les voici dans l'eau. L'étang à cet endroit est profond ; les filles, entrées dans l'eau noire en même temps que leurs compagnons, perdent aussitôt pied.

– Ciprian avait dit que la profondeur n'excédait pas deux mètres à Vaccarès, fait observer Clémence. C'est bizarre que les chevaux ne touchent pas le fond.

– Peut-être que le niveau est monté avec toute cette pluie, répond Alix.

– Ou que les chevaux ne peuvent pas prendre appui sur la vase du fond parce qu'elle est trop glissante, ajoute Juliette. On y va ?

Une traversée éprouvante commence. Les sauveteuses gelées ont du mal à coordonner leurs mouvements, même Alix, excellente nageuse. Les chevaux aussi sont épuisés. Trois jours de résistance acharnée contre Ciprian ont dû saper leur énergie. Pourtant, ils tendent l'oreille aux encouragements essoufflés des filles. Chacune d'elles nage à côté de son cheval. À un moment donné, Clémence, n'en pouvant plus, s'agrippe aussi légèrement que possible à la crinière d'Estello. Non seulement il se laisse faire, mais elle a l'impression qu'il se rapproche encore d'elle pour lui offrir un meilleur appui.

– C'est décidé, murmure-t-elle à travers ses dents qui s'entrechoquent, je n'aurai plus jamais peur des animaux. Enfin, des chevaux… Enfin, des camargues gentils comme toi…

– Ça va ? lance Alix à la cantonade.

– Et toi ? répondent les autres en chœur.

– Ça va, aboie Hector qui nage vaillamment à côté de Juliette.

Les filles nagent aussi près que possible les unes des autres, mais chacune ne distingue de sa voisine qu'un faisceau lumineux éclairant la pluie.

– Tenez bon, reprend Alix.

– Tu as entendu, Soulèou ? Tiens bon ! fait Gwen.

Et la progression laborieuse se poursuit, les filles guidant les chevaux, les chevaux aidant les filles. Chacune, sans l'avouer aux autres, a l'impression que ses forces diminuent, qu'elle ne tiendra plus longtemps. Combien de temps Batisto mettra-t-il à arriver ? Encore faut-il qu'il trouve un bateau… Avance ! Avance ! C'est l'ordre que se répète chaque nageuse, brasse après brasse. Désormais, dans leurs cerveaux, il n'y a plus de place pour aucune autre pensée.

L'épreuve dure, la pluie tombe, le temps semble aboli.

Tramontane pousse soudain un faible hennissement. Là-bas, loin devant, légèrement à gauche, une lumière ténue perce la nuit. Les filles fixent toutes les yeux dessus : pas d'illusion possible, elle bouge et se rapproche !

Alix prend appui sur Tramontane pour pouvoir crier avec plus d'énergie, et elle hurle le nom de Batisto, aussitôt répété en chœur par ses amies. Les quatre chevaux semblent avoir compris, car ils nagent avec un regain d'énergie.

La voix encore distante du manadier répond, hachée par les coups de mistral, et la lueur de la lampe continue à se rapprocher…

Quelques longues minutes plus tard, les filles sont hissées à bord de la barque. Grelottantes, complètement sonnées, elles ne réalisent plus très bien ce qui se passe. Juliette trouve juste assez de présence d'esprit pour murmurer :

– Hector… N'oubliez pas Hector…

À bord de la barque, il y a Batisto et Anaïs. La femme du manadier s'active aussitôt comme une maman poule auprès des filles ; les quatre amies et le chien se laissent docilement envelopper de couvertures de survie, puis prennent place sur le banc de bois que leur désigne Batisto.

– Faut faire de la place aux chevaux, bredouille Gwen hébétée.

L'image cocasse des quatre camargues s'asseyant dans la barque fait rire Batisto. Presque aussitôt, les filles le voient plonger dans l'eau noire.

– Qu'est-ce qu'il fait ? demande Clémence à Anaïs.

– Il va nager à côté des chevaux pour les encourager.

– J'y retourne, dans ce cas ! décrète Clémence qui se lève et se débarrasse de sa couverture.

Ses trois compagnes font de même. Mais la poigne d'Anaïs a vite fait de faire se rasseoir les silhouettes titubantes.

– Assez de bêtises ! gronde la femme du manadier. Vous êtes insensées ! Avoir couru ce danger pour récupérer les chevaux ! Qu'est-ce qu'on aurait dit à vos parents s'il vous était arrivé malheur ? Vous croyez qu'on aurait pu vivre heureux après ça ?

Anaïs saisit l'aviron et se met à ramer furieusement, comme si elle voulait passer sa colère sur l'eau agitée de l'étang. Malgré sa charge, la barque avance assez vite. La voix de Batisto se fait entendre à côté de la coque. Sans relâche, il encourage les quatre bêtes, passant de l'une à l'autre. Mais au bout de trois minutes, le voilà essoufflé.

– Économise tes forces, supplie Clémence. C'est nous qui allons parler pendant que tu nages.

Ravies d'avoir un dernier rôle à tenir dans cette aventure, les quatre filles lancent des encouragements à qui mieux mieux. Leurs voix se mêlent et se relaient pour inviter les chevaux épuisés à donner le meilleur d'eux-mêmes. Hector n'est pas en reste ; les pattes appuyées contre le rebord de la barque, il pousse des aboiements pleins d'amitié…

Anaïs ne dit plus rien. Elle se concentre sur le trajet à suivre entre les îlots de roseaux que sa lampe éclaire au dernier moment. Elle écoute les voix des filles, qui semblent réchauffer l'air glacial. Sa colère née de l'angoisse est tombée ; elle doit bien s'avouer, à présent, qu'elle est touchée jusqu'au fond du cœur par le courage et l'astuce de ces jeunes filles si attachantes.

– On arrive, dit-elle enfin.

En effet, les quatre chevaux se redressent à grand-peine, émergent de l'étang en chancelant, s'immobilisent sans même trouver la force de s'ébrouer. Batisto lui aussi a repris pied.

– L'eau n'arrive que jusqu'aux chevilles, dit-il aux filles en leur tendant la main pour les aider à quitter la barque. Vous ne pataugerez pas trop jusqu'à la maison.

Clémence écarquille les yeux. Elle n'y comprend rien.

– Ces fenêtres éclairées là-bas… Ce n'est pas la manade, si ?

– Bien sûr que si.

– Mais elle est loin de l'étang, en principe !

– Sauf les nuits d'inondation, répond Anaïs amusée par la stupeur de Clémence. Ces soirs-là, elle déménage au bord de l'eau !

– Elle est inondée ? demande Gwen soucieuse.

– Pour l'instant non, la montée des eaux n'a pas été assez forte. Les fois précédentes, on a toujours eu de la chance. Espérons qu'on en aura encore ce coup-ci.

– Vous avez évacué les autres chevaux, finalement ?

– On commençait à les rassembler quand vous avez téléphoné. Évidemment, l'urgence est devenue d'aller vous chercher…

Tout en parlant, l'équipe avance vers la manade aussi vite que possible. Chaque fille a instinctivement repris son poste auprès de son cheval. Les bêtes ont besoin d'être encouragées pour achever le voyage. Batisto, que le froid a saisi d'un coup au sortir de l'étang, donne le bras à Anaïs qui le soutient.

– En tout cas, les filles… dit-il en franchissant le portail de la cour. Vous avez été…

– … insensées, disent Clémence et Juliette en même temps.

– Oui, mais formidables aussi. Le sermon, Anaïs vous l'a déjà fait, et je partage son point de vue. Mais je n'ai qu'un mot à ajouter : bravo.

– Et merci, complète Anaïs en souriant.

Épilogue

Tandis que les filles allaient se coucher – cette fois, elles n'ont pas osé désobéir –, Batisto et Anaïs ont veillé toute la nuit pour pouvoir évacuer la manade en cas d'inondation. Mais le domaine a été épargné, et petit à petit, l'eau a reflué. Dès le lendemain, un soleil timide a troué les nuages.

Les quatre amies, solidaires comme toujours, ont attrapé ensemble le rhume du siècle, ce qui ne les a pas empêchées d'être très vite sur pied, et même en selle : car les chevaux, rétablis aussi rapidement qu'elles, ont offert à leurs cavalières des chevauchées grisantes pendant toute la fin du séjour. Seul Hector n'a pas voulu participer à ces excursions, préférant rester couché devant le feu à la manade.

Sans doute craignait-il de retrouver Ciprian quelque part au bord de l'étang. Le risque était pourtant nul, car le jeune gardian, arrêté, s'expliquait devant la police sur ce vol des chevaux. En entendant les filles vanter la docilité de leurs montures, il s'était vu les apprivoiser facilement pour les revendre à bon prix. Les chevaux avaient déjoué ce plan en se montrant intraitables avec leur ravisseur, avant même que les filles ne surviennent pour les délivrer.

Toutes les bonnes choses ont une fin et les vacances ne font pas exception à la règle. Les quatre amies durent quitter leurs compagnons à crinière blanche, et Hector abandonner la cheminée qu'il affectionnait. Comme Batisto le leur avait annoncé, elles eurent du mal à s'arracher à la Camargue. Elles repartirent en emportant dans leurs bagages un peu de fleur de sel, quelques poignées de riz rouge, la photo d'un marteau et d'un poignard vikings exposés dans une vitrine du musée d'Arles, et le souvenir du mistral sifflant à leurs oreilles. Sans compter l'écho de fous rires complices au bord de l'étang de Vaccarès. Quelques-uns de plus, et sûrement pas les derniers…

Table des matières

L'aventure pour les filles !

La Passagère du Roy-Louis
Par l'auteur du roman chéri
Fleurus
Les protégés du Roi Soleil
Par l'auteur du roman chéri
Fleurus
La Prisonnière de Venise
Par l'auteur du roman chéri
Fleurus
11,90 €
FLEURUS

Achevé d'imprimer en mars 2015 par Legoprint en Italie.
N° d'édition : 15086
Dépôt légal : avril 2015